찌질한 인간

김경희

남들처럼 사는 것과 나답게 사는 것
그 사이 어디쯤

쩌질한 인간 김경희

초판 1쇄 발행 2017년 12월 15일
초판 3쇄 발행 2019년 1월 16일

지은이 김경희

책임편집 김소영
홍보기획 문수정
디자인 신묘정

펴낸이 최현준·김소영
펴낸곳 빌리버튼
출판등록 제 2016-000166호
주소 서울시 마포구 양화로 15안길 3 201호(윤현빌딩)
전화 02-338-9271 | **팩스** 02-338-9272
메일 contents@billybutton.co.kr

ISBN 979-11-88545-06-3 03810
ⓒ 김경희, 2017, Printed in Korea

이 도서의 국립중앙도서관 출판예정도서목록(CIP)은 서지정보유통지원시스템 홈페이지(http://seoji.nl.go.kr)와
국가자료공동목록시스템(http://www.nl.go.kr/kolisnet)에서 이용하실 수 있습니다.(CIP제어번호:CIP2017031667)

남들처럼
사는 것과
나답게 사는 것
그 사이
어디쯤.

찌질한 인간
김경희

김경희 지음

빌리버튼

확실함과 불확실함의 경계에서 오늘을 살아가는 우리 이야기。

초등학교 3학년, 세 자릿수 나눗셈을 이해하지 못해 방과 후 홀로 남아 담임선생님의 개인 지도를 받았다. 늘 함께 하교하던 친구들을 먼저 보내고 교실에 홀로 남았다. '왜 나만 이해하지 못할까?' 싶어 괜히 작아졌다. 30분 동안 선생님과 예상 문제를 함께 풀었다. 그제야 문제를 이해할 수 있었다. 가방을 챙겨 집으로 가려는데 선생님이 붙잡는다. "경희야, 축하해. 지난번 과학 글짓기 나갔던 거, 네가 은상이래."

시간이 흘러, 세 자릿수 나눗셈처럼 나를 작아지게 만드는 일이 종종 생겼다. 그때마다 특출 나지는 않지만 3, 4등쯤 되는 재능이 함께 나타났다. 모자람과 작은 재능은 늘 함께였다. 그 덕에 모자람에서 오는 찌질함을 모르고 살았다. 운일 수도 있었던 작은 재능에 취해 늘 잘났다는 생각을 했다.

그렇게 지내다 인생에서 두 번의 퇴사를 했다. 회사라는 울타리를 벗어나자 모자람이 삐져나오기 시작했다. 작은 재능은 더 이상 나타나지 않았다. 작아지고 움츠러들었다. 친구들은 제 몫을 해내며 나보다 먼저 앞으로 나아갔다. 나는 회사 밖에서 '세 자릿수 나누기' 늪에 빠졌다. 줄어드는 통장, 무직. 내세울 게 없는 스물여덟, 스물아홉의 김경희는 찌질함을 직시할 수밖에 없었다.

인정한 적 없던 찌질함이 내 속에 가득 찼다. 결국, 입 밖으로 삐져나왔다. 이왕 삐져나온 거 활자로 기록해보기로 했다. 쥐뿔도 없는데 없는 쥐뿔을 그대로 내보이는 게 영 내키지는 않았지만 그냥 쭉 써내려갔다. 그리고 다 써냈다. 찌질함을 털어냈다.

이렇게 《찌질한 인간 김경희》는 세상에 나왔다. 이 날것의 기록이 확실함과 불확실함의 경계에서 하루를 살아가는 이들에게 작은 쉼이 되길 바란다.

찌질함 레벨 2

(((원래 남의 인생은
쉬워 보이는 거야)))

찌질함 레벨 3

(((남들만큼
사는 삶)))

(찌질함 레벨 1)

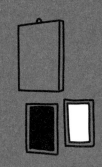

——————————— (모든 것은 일시적이다)

뭐 해
먹고살지?

회사에서 월급쟁이로 살다가 뛰쳐나왔다. 뭐 해 먹고살지? 이리 저리 궁리하다가 물건을 팔기로 했다. 모든 조건은 완벽했고, 이 제 돈을 쓸어 모을 일만 남았다. 돈을 벌기도 전에 단꿈을 꿨다. 독립을 계획하며 근처 집값을 알아봤다. 엄마랑 아빠 차는 뭐로 바꿔줄까 상상했다.

물건을 팔기로 한 첫날. 개업은 했지만 물건은 전혀 안 팔렸다. 자 신감으로 가득 차 있던 나는 왕자를 빼앗긴, 아니 단꿈을 빼앗긴 인어공주가 되었다. 아아, 물거품으로 사라진 나의 단꿈. 하지만 이렇게 포기할 수는 없다. 현실의 나는 공주도 뭣도 아니니, 혼자

힘으로 다시 살아남아야 한다. 그렇게 애쓰다보니 조금씩 돈을 벌게 되었다. 하지만 역시나 돈 버는 건 쉽지 않았다. 어느 날은 본사에서 제품을 잘못 보내 100명 가까운 고객들에게 엉뚱한 상품이 갔다는 사실을 알게 되었다. 여태껏 번 돈보다 더 많은 액수를 감당해야 할 상황. 회사에 다녔더라면 팀장님을 찾으면 됐을 터. 하지만 현실은 나 혼자였다. 정신적 혼란의 연속이었지만 거래처 사장님이 조금 손해를 보기로 하고 해결해주었다. 이렇게 큰일을 겪고 나니 그 이후로 일어나는 일들은 그나마 가볍게 처리할 수 있었다.

역시나 혼자서 돈을 버는 건 쉽지 않았다. 많이 팔릴 것이라 예상했던 제품이 생각보다 팔리지 않았다. 아침 8시부터 자정까지 고객 응대를 하며 시간을 보냈다. 시간당 최저시급도 나오지 않았다. 하지만 신은 날 버리지 않았다. 판매하던 제품 중 하나가 우연히 방송을 타서 효자상품이 되었다. 아쉽지만 방송의 영향은 삼일천하였다. 그래도 그 '반짝' 사이에 밥벌이가 될 만한 금액을 벌어들였다. 그렇게 오르락내리락 갈피를 잡을 수 없는 나날이 이어졌다. 한 달, 두 달, 석 달을 그렇게 보냈다. 한 달에 얼마를 벌고 있는지 정산했다. 회사 다닐 때 쥐꼬리라 생각했던 월급이 최홍만처럼 느껴졌다. '이게 정녕 내가 번 돈의 전부인가. 이럴 거면 그냥 아르바이트를 할걸 그랬나. 와, 앞으로 정말 뭐 해 먹고사냐?' 스스로에게 물었다.

공부 좀 했다 싶은, 지금 한 자리씩 차지하고 있는 어른들이 내게 했던 충고가 떠오르며 자괴감에 빠졌다. 아, 나는 노오력을 좀 더 해야 하는 건가. 그렇다면 도대체 얼마나 더 노오오력을 해야 하는 건가. 뭐 해 먹고살아야 노오오오력까지가 아닌 노력만 해도 먹고살 수 있는가. 그들은 답을 알고 있을까?

그깟 숫자가
뭔데?

책이 나왔다. 온라인 서점을 몇 번이고 들락날락하며 판매지수를 확인했다. '3014', '4138'이라는 판매지수가 보였다. '와, 벌써 3,000부가 넘게 팔린 거야? 나 대박 난 거야?' 생각했다. 그럴 리가. 내가 혜민 스님도 아니고 책이 나오자마자 3,000부가 팔릴 리 없다. 온라인 서점 판매지수는 다양한 집계를 토대로 나오는 숫자라고 했다. 녹색창 검색을 통해 알아냈다. 젠장. 답변자는 그 숫자의 비밀은 아무도 모른다고 마지막에 덧붙였다.

그때부터였다. 내가 숫자에 집착하게 된 것이. 에세이 전체 순위, 그림 에세이 순위로 집착은 이어졌다. 처음엔 좋았다. 순조롭게

30위에서 출발해 조금씩 오르고 있었다. '이러다 진짜 베스트셀러 되는 거 아냐?'라고 생각했지만 역시 그런 일은 일어나지 않았다. 숫자 하나에 기분이 천국과 지옥을 오갔다. 온라인 서점을 끊었다. 그렇게 2주가 흐르고 난 뒤 나는 보지 말아야 할 숫자를 보고야 말았다. 끊었다고 해놓고 궁금해서 순위를 확인한 나. 그림에세이 부문인지 에세이 부문인지 80위 언저리였다. 충격이었다.

다섯 살 무렵 구구단을 완벽하게 암기했던 나였다. 수학 천재의 가능성을 보였던 나였다. 그 천재성을 좀 더 살려서 해킹을 배웠어야 했다. 그래서 온라인 서점 순위를 가뿐히 조작했어야 했다. 하지만 고등학교 입학과 동시에 치른 모의고사 수학 점수가 18점이었다. (이건 비밀이다. 이 점수를 아는 사람은 22점 맞았던 친구 한 명밖에 없다. 참고로 둘이서 여름방학을 이용해 수학 학원에 다녔다. 친구는 2학기 모의고사에서 80점을 기록했고 나는 이후 수학을 완전히 접었다. 하지만 사회, 국사는 곧잘 했다. 진짜다. 수학만 못하지 막 그렇게 멍청한 사람은 아니다. 진짜다.)

여하튼 그 뒤로는 절대 온라인 서점에서 내 책을 검색해보지 않았다. 여기서 끝났다면 좋았을걸. 하지만 나란 인간은 숫자를 보는 대신 검색창의 리뷰와 SNS 해시태그를 검색하며 스스로를 괴롭히기 시작했다.

'공감 100%', '내가 쓴 책인 줄'이라는 후기를 보면 웃음이 나왔고, 비슷한 부류의 다른 책과 비교하는 후기를 보면 괜히 심통이 났다. 미련스럽게도 내 기분을 온전히 타인의 후기에 맡긴 것이다. 그동안 "남들 말 왜 신경 써?", "남들 말에 휘둘리면 안 돼."라고 줄기차게 말하면서 혼자 쿨한 척, 당당한 척 다해놓고, 정작 틈날 때마다 후기를 보고 판매지수를 확인하며 시무룩해 있었으니 이 얼마나 덜떨어진 인간인가.

사람은 자고로 말과 행동이 일치해야 한다고 했거늘. 그렇게 다시 깨달음을 얻고는 후기 검색해보는 것도 끊었다. 하지만 이따금 인스타그램에서 해시태그 검색은 해본다. 다행인지 불행인지 댓글로 '독자님… 잘못 알고 계신 정보입니다. 사실은…'이라고 남기는 짓은 하지 않지만.

〈 찌질함 레벨 1 〉

무명의 나부랭이가 책 한 권 내놓고 이러는데… 새삼 연예인이라
는 직업을 가진 사람들은 참 힘들겠다, 하는 생각이 든다. 수지도,
김태희도 얼마나 힘들겠어. 길거리캐스팅을 거절하길 참 잘했다.
정말 잘한 결정이다.

직업이
뭐예요?

퇴사 후 "직업이 뭐예요?"라는 질문은 날 당황하게 만든다.

　　"아… 저는 퇴사를 하고… 독립출판물을 만들었어요."
　　"아… 저는 지금 온라인으로 마켓을 운영하고 있어요."
　　"아… 저는 지금 글을 쓰고 있어요."

명사 하나로는 설명할 수 없는 나의 직업. 지난날 "회사원요."라
고 짧게 말을 내뱉었던 시간이 스친다. 결국엔 구구절절 대답이
길어지고, 길어지는 답변에 질문은 늘어만간다. 묻는 이도 답하는
나도 과연 내 직업은 무엇일까 생각하며 '그래서 결국 직업이 뭐

(찌질함 레벨 1)

라는 거지?'라는 물음을 가진 채 대화는 마무리되고, 다른 주제로 급히 넘어간다.

직업을 규정할 수 없는 삶을 사는 나는 "직업이 뭐예요?"라는 질문을 받는 순간 작아진다. 직업이란, 대체 뭘까?

'생계를 유지하기 위해 자신의 적성과 능력에 따라 일정한 기간 계속하여 종사하는 일'

나의 생계수단은 회사 다니며 모아둔 적금과 책을 팔아 버는 약간의 돈과 마켓을 운영하며 생기는 약간의 수익과 이따금 들어오는 원고료. 그러나 일정치는 않고, 적성과 능력에 맞는 일인지는 늘 의심이 든다. '계속하여 종사하는' 기간의 기준도 애매하다. 이래저래 고민해봐도 나의 직업을 뭐라고 해야 할지 도저히 감이 오지 않는다. 내 직업은 뭘까? 이따금 구구절절 말하지 않아도 되는 직업을 살 수만 있다면 사고 싶다는 생각을 한다.

돈은 빠른 결정을
내려준다

《회사가 싫어서》라는 책을 출간하고 북토크를 했다. 지금은 일터가 된 '5km북스토어'와 상암에 있는 '북바이북'에서. 누군가가 내가 하는 말을 듣기 위해 시간을 내서 일부러 찾아온다는 것도 신기한데 돈까지 지불한다고 했다. 얼떨떨했다.

돈은 중요하지 않았다. 오히려 '돈을 드릴 테니 와서 자리 좀 채워주세요'라는 마음이었다. 유명한 사람도 아니고 고작 회사 그만두고 백수로 살아가는 이의 이야기를 누가 듣고 싶겠냐는 생각이 들었는데, 다행히도 회사 생활에 염증을 느끼고 뛰쳐나오고 싶은 분들이 많았는지 찾아와주신 분들이 있었다. 일부러 돈과 시간을

(찌질함 레벨 1)

내서 와준다는 사실이 믿기지 않았다. '어떤 말을 전해야 이 시간을 값지게 여길까? 어떤 이야기를 해야 도움이 될까?' 싶어 몇 날 며칠을 고민하고 노트북에 써가면서 준비를 했지만 역시나 당일에는 다 까먹고 횡설수설하다가 겨우 시간을 맞춰 끝냈다. 그러고는 '내가 도대체 뭐라고 사람들 앞에서 떠든 거지?' 싶었다. 그날 밤 이불 킥을 하며 외쳤다. '망했어, 미쳤어, 왜 한다고 한 거야! 아아아아악!' 그 후유증은 3일을 갔다.

흑역사가 조금 잊힐 때쯤 통장을 확인했더니 돈이 들어와 있었다. 한 시간 반 남짓 내 이야기를 했을 뿐인데 북토크를 했다고 돈이 들어온 것이다. '아, 민망해. 이 돈을 어떻게 받아…'라는 생각도 잠시. '오, 돈 생겼네?'라는 마음이 곧 뒤따라왔다. 나아가 '글 쓰는 시간 대비 말하는 게 돈을 더 받네? 대박이다'라고 생각했다. 돈을 드리고서라도 자리를 채우고 싶다고 느꼈던 나는 이미 온데간데없었다.

그렇게 두 번의 북토크를 끝냈다. 베스트셀러가 아닌 이상 책도 노래가 소비되는 것과 비슷하다. 매일 수십 권의 책이 나왔고, 내 책은 평대에서 서가로 옮겨졌다. 그리고 이후 북토크의 기회는 없었다. 이미 책이 나온 지 몇 달이 지났으니 당연했다.

그런데 최근에 메일을 한 통 받았다. 도서관에서 강연을 해달라는 것이었다. 날짜를 보니 겨울이었다. 겨울에 진행할 북토크를 벌써 준비하나 싶은 생각을 하며 메일을 읽어 내려갔다. 강남의 모 도서관이었다. 집에서는 꽤 거리가 있어서 평일 저녁 강연을 끝내고 지하철을 타고 집으로 올 생각을 하니 깜깜했다. '강남은 너무 먼데. 그날 일도 해야 하고. 몇 분이나 오실까? 아무도 안 오는 건 아닐까? 에이, 가기 전까지 조마조마한 것도 싫은데, 그냥 거절해야겠다' 싶은 찰나 메일 마지막에 '강의료는 17만 원입니다'라는 문구가 보였다.

강의료는 17만 원입니다.
강의료는 17만 원입니다.
강의료는 17만 원입니다.

'강의료가 17만 원이라니. 우와! 책을 몇 권 팔아야 나오는 돈이

야?' '한 시간 반 강연에?' '아니, 내가 뭐라고?' '강남이 멀어봤자
지, 뭐. 지하철 있는데.' '조금 피곤하면 어때, 잠깐인데.'

2초 만에 생각을 정리하고 메일을 보냈다.

'유명하지도 않은 저에게 이런 제안을 해주셔서 감사합니다.
좋아하는 공간에서 함께할 생각을 하니 설레네요.
필요한 사항이나 궁금하신 점 있으시면 편하게 연락해주세요.'

답장이 왔다. 강의계획서를 작성해서 보내달라는 내용이었다.
살짝 귀찮았지만 귀찮아하지 않기로 했다.
17만 원의 힘은 크다.

최선을 다하지
않았잖아요?

첫 번째 책을 독립출판물로 만들고 책방에 입고를 부탁하러 갔을 때였다. 책방 아저씨는 책을 집어 들고 표지를 1초가량 훑어보고 책을 0.7초 슈르륵 넘겨본 뒤 말했다.

"표지가 아쉽네. 본문 편집디자인도 아쉽고."

책을 쓴 사람을 앞에 두고 아무렇지도 않게 책에 대해 이러쿵저러쿵 칭찬이 아닌 말을 내뱉다니. 나는 쥐구멍에라도 숨고 싶었지만 태연한 척 "처음이라서요."라고 대답했다. 속으로는 '나와는 맞지 않는 사람이네'라고 애써 신경쓰지 않으려 했다.

(찌질함 레벨 1)

하지만 나와 맞지 않는 사람이었던 책방 사장님도 몇 번 보다보니 꽤 친해졌다. 그러던 어느 날 사장님은 또 한 번 "경희 씨, 사실 책 100% 노력해서 만든 거 아니잖아요. 70%만 노력했어. 최선을 다하지 않았잖아요?"라고 말했다. 그것도 독서모임을 하고 있는 중에, 사람들 앞에서 말이다. 물론 지금 만든다면 처음보다는 더 잘 만들겠지만, 그때의 나로서는 최선을 다한 것이었다. "최선을 다했어요."라고 대답하긴 했지만 정말 최선이었을까 하는 의심을 스스로 잠깐 했다. '나의 최선'이 '타인 기준의 최선'에서 보면 아닐 수도 있다는 생각에.

난 최선을 다했다.
난 최선을 다했을까?
난 최선을 다했다.

그나저나 사장님, 사람들 앞에서 그렇게 말하는 거 최선이었나요?

기댈
곳

고된 하루를 보내고 와도 '고생했다'며 안아줄 사람은 없다. 괜히 징징거리고 싶지만 그 누구도 내일모레 서른의 투정을 받아주진 않는다. 힘든 하루를 보냈든 좋은 하루를 보냈든 혼자 곱씹는다.

예전처럼 친구를 붙잡고 있을 수도 없다. 친구가 전부였던 시절에는 별일 아닌 일에도 통화 버튼부터 눌렀다. 이제는 저마다의 고단한 삶이 있으니 쉽게 누르지 못한다.

기댈 곳이라고는 카페 구석의 벽. 지하철 맨 끝자리 손잡이.
기댈 곳이 사람에서 사물로 변해간다.

(찌질함 레벨 1)

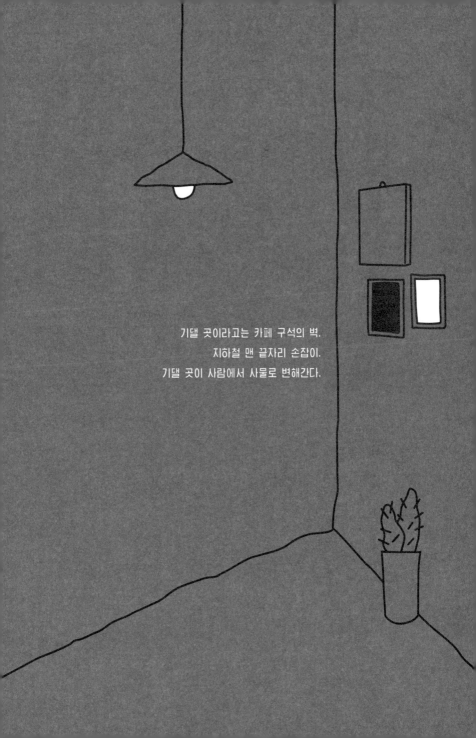

기댈 곳이라고는 카페 구석의 벽.
지하철 맨 끝자리 손잡이.
기댈 곳이 사람에서 사물로 변해간다.

외롭지
않으세요?

며칠 전이었다. 한 번 뵌 적이 있는 작가님과의 통화였다. 이야기를 나누던 중 작가님이 "외롭지 않으세요?"라고 물었다. 나는 대수롭지 않게 "아뇨."라고 대답했다. 외롭지 않았다.

그러니까 올 2월까지 회사 생활을 했고 지금이 11월이니 9개월가량을 회사 밖에서 혼자 지내고 있다. 온종일 사람들에 둘러싸여 있다가 회사를 그만두고 나니 고요함이 꽤 달콤했다. 하지만 고요함은 잠깐, 대부분의 시간을 혼자 보내다보니 '제발 좀 나한테 말시키지 말아요'라는 마음으로 뾰족한 날을 세워 보냈던 시간은 끝나고 다시 '누가 말 좀 걸어주세요'라는 시간이 시작되었다.

(찌질함 레벨 1)

스트레스가 많긴 했어도 동료와 얼굴을 마주하며 떠드는 시간은 꽤 소중했다. 허나 나는 떠난 사람, 동료는 남겨진 사람. 우리의 대화는 눈으로 마주하는 대화가 아닌 손으로 마주하는 카톡 대화가 되어버렸다. 친구들 또한 저마다의 직장에서 밥벌이에 바쁘니, 나와 눈을 마주하며 수다를 떨 수 있는 시간이 없었다. 그렇다, 나는 외로워졌다. 하지만 그 외로움 속에서 만나게 되는 나와의 시간은 역설적으로 나의 외로움을 충분히 달래주었다. 그렇게 9개월을 꼬박 지내다보니 더 이상은 외롭지 않다. 그냥 이 일상에, 시간에 익숙해졌다.

외로움이 당연해져버린 지금은 오히려 혼자 있음에도 더 혼자만의 시간을 사수하기 위해 애쓰고 있다. 이렇게, 평생 혼자 살 수 있을 거란 생각도 스멀스멀 드는 요즈음이다. 이따금 외롭지만 잘 지내고 있다. 외로운지도 모르고. 외로움이 익숙해져서 외로운지도 모르고 잘 지내고 있다.

난 지금
잘 살고 있는 건가?

나 지금 잘 살고 있는 건가? 라는 질문을 이따금 한다. 보통 잘 살고 있지 않을 때 한다. 잘 살고 있을 때는 아무 생각이 없는데, 왜 하필 잘 못 살고 있을 때만 이런 질문이 떠오르는 걸까?

온전히 내 기준에서 잘 살고 있다고 느낄 때가 있다. 가령 돈을 많이 벌진 못해도 좋아하는 일을 하면서 살아가고 있을 때. 내 시간을 내가 쓰고 있을 때. 내가 쓴 책을 팔아 책을 샀을 때.

그러다 타인의 기준에 나를 대입해보는 순간 나는 '나'와 '나의 삶'을 의심하곤 한다. 분명히 나는 나대로 잘 살고 있다고 생각하

(찌질함 레벨 1)

면서도, 아직도 이리저리 흔들리는 나는 타인의 삶을 엿본다. 타인의 삶의 기준에 기어코 나의 삶을 맞추며 이리 재고 저리 재며 구겨 집어넣어 자신을 괴롭힌다.

그럴 때면, 다시 한 번 잘 못 살고 있구나 싶다. 그러니까 비교하지만 않는다면 나는 잘 살고 있는 것이고 비교하는 순간 잘 살고 있던 나는 못 살게 된다.

다 알고 있으면서도 사흘에 한 번씩 비교한다. 큰 인물은 못 되겠구나 싶다.

여행에
관하여

한 달 간격으로 나란히 퇴사한 친구와 여행을 다녀왔다. 교복 입고 지내던 시절 '우리 나중에 어른 되면 같이 해외여행 가자'라고 말했던 기억이 떠올라서였다. 바로 여행 계획을 세웠다. 하지만 극성수기 시즌과 맞물렸다. 일정을 보름 뒤로 미루면 여행경비를 50만 원 줄일 수 있었다. 하지만 머지않은 시기에 재취업을 할 것 같아서 미룰 수 없었다. 친구와 나는 이때의 선택을 지금까지도 후회한다. 우리는 두 번의 계절을 보내고 난 후에야 재취업에 성공했다. 굳이 극성수기 시즌에 가지 않았으면 비행기를 타고 여행을 한 번 더 다녀올 수 있었을 텐데. 아무튼 우리는 최고가 패키지 상품으로 말레이시아로 떠났다.

(찌질함 레벨 1)

리조트호텔에 도착해 여러 장의 사진을 찍은 다음 한껏 자유롭고 여유로워 보이는 사진을 골라 SNS에 올렸다. '부러워요'라는 댓글이 달렸다. 하지만 실상은 도착하자마자 '이건 우리나라 돈으로 얼마지?', '여긴 물가가 한국이랑 다를 게 없네', '조식은 매일 제공되는 거 아니었어?', '아침은 어떡하지?'라며 돈 얘기를 하느라 바빴다.

아침에 일어나 푸른 바다가 보이는 창가에 앉아 조식을 먹었다. 먹기 전에 수십 장의 사진을 찍는 것도 잊지 않았다. 식사를 다 마친 후 호텔 로비로 갔다. 한 푼이라도 아끼겠다고 로밍을 하지 않았기 때문이다. 와이파이를 겨우 잡아 사진을 하나 올렸다. 어김없이 '우와, 부럽다'라는 댓글이 달렸다.

다음 날은 조식이 제공되지 않았다. 패키지 상품에 조식은 세 번만 제공된다고 했다. 따로 결제해서 먹을 수 있는지 짧은 영어로 물었다. 1인당 2만 원이 넘는 돈이라고 한다. 결국 다시 방으로 돌아와 커피포트에 물을 끓여 컵라면으로 끼니를 때웠다. 그러고는 다시 로비로 가서 사진을 올렸다. 물론 어제 먹은 조식을 다른 각도에서 찍은 사진이었다.

좋은 곳에서 지내며 여유 있는 척했지만 사실 계산기 두드리기 바빴다. 휴가지에서는 '여기까지 왔는데', '이왕 온 거 기분 내야 지'라는 맘에 대부분의 사람들이 돈을 쉽게 쓴다. 나도 그렇게 '그 래, 그냥 돈 생각하지 말고 즐기자'란 생각을 하면 되는데 머리가 영 따라주지 않았다. 여행이라는 이상과 통장 잔액이라는 현실 사 이에서 저울의 바늘은 결국 현실을 가리켰다.

조식과 컵라면을 번갈아 먹으며 지냈던 4박 6일의 일정이 끝났다. "사진 봤어! 여행 다녀왔지? 진짜 좋았겠다."라는 지인들의 말에 "응, 조식도 맛있고(세 번뿐이었지만), 리조트호텔도 너무 좋고(문 열면 벌레가 지나다니지만), 물놀이도 실컷 했어(돈이 안 들거든)."라 고 말했다.

첫
차
_____

첫차를 기다리며 술을 마시고 단어를 나누며 겨울밤을 보낸다. 달
이 뜬 밤에, 아니 해가 아직 뜨지 않은 이른 새벽에 낯선 거리를
걸어 도착한 지하철. 첫차니까 사람이 없겠지 생각했던 연신내역
안은 하루를 시작하는 사람들로 가득하다.

빈자리 없이 이른 아침의 피곤함으로 꽉 채워진 지하철 좌석. 밥
벌이의 고단함이 느껴진다.

손으로 가리기도 전에 삐져나오는 하품. 눈을 떴다 이내 감았다. 꾸
벅꾸벅 조는 이들 속에서 나는 한없이 작아졌다. 이제껏 흘려보낸

아침과 치열하지 못했던 시간이 나를 한없이 작아지게 만들었다.

스물아홉 내가 넘어야 할 것은 승진, 결혼, 혹은 임신, 출산 중 하나겠거니 생각했다. 그것들이 삶의 과업이라 생각했다. 허나 내가 정작 넘어야 할 것은 겨울 아침, 이불 밖으로 발걸음을 떼는 일이었다. 두 달 내내 나가지 않았던 헬스장을 '내일은 가야지' 하며 실행하지 못했다. 매일 아침 울리는 알람을 끄고 이불 속에서 핸드폰이나 만지며 30분이고 한 시간이고 흘려보낸 시간. '가야지' 생각하며 결국 가지 않았던 다짐들로 흘려보낸 나의 아침이 한없이 부끄러웠다.

작아지고 부끄럽다 느끼고 썼으면서도 여전히 겨울 아침 이불 밖으로 나오려면 꽤 오랜 시간이 걸린다. 헬스장은 아직도 가지 못했다. 문자가 왔다. 곧 멤버십 기간이 끝난다는 소식과 할인가를 알려주는 친절한 문자였다. 그리고 덧붙여, 사물함 물품을 한 달 안으로 찾아가지 않으면 폐기한다고 했다. 내일의 아침은 작아지지 않았으면. 부디 내일의 아침은 부끄럽지 않기를.

(찌질함 레벨 1)

넘쳐나는 백수의 시간. 동네만 배회하며 보내는 반경 1킬로미터
의 삶을 벗어나보기로 했다. 벗어나야 한다는 생각을 일주일 정도
했고, 마음을 먹는 데 3일 정도 걸려 겨우 실천에 옮길 수 있었다.
지하철에 몸을 싣고 인천공항으로 향했다. 캐리어나 여권은 챙기
지 않았다. 공항에서 시간을 보내다 오는 게 목표였다. 공항철도
를 타고, 캐리어 하나씩을 챙긴 이들 틈에 흰색 에코백을 덜렁 메
고 자리를 잡았다.

인천공항에 도착했다. 공항 나들이를 즐기기 전 화장실을 갔다.
가벼운 마음으로 나왔더니 손이 정말 가벼웠다. 핸드폰을 화장실

에 두고 나왔다. 재빨리 화장실로 돌아갔지만 핸드폰은 보이지 않았다. '핸드폰 및 소지품 분실이 많으니 한 번 더 확인해주세요.' 안내 문구가 이제야 눈에 들어왔다. 청소하고 계시던 여사님을 붙잡았다. "저… 저쪽 칸에 핸드폰을 놔두고 나왔는데 없어졌어요. 어떡하죠?" 여사님은 이미 분실물 센터로 넘어갔을 테니 그쪽으로 가보라고 하셨다. 지하 3층에 있다고 해서 찾아갔다.

"저, 핸드폰을 잃어버려서요."

"기종이 뭐예요?"

"갤럭시노트요."

"색상은요?"

"흰색요."

"케이스는요?"

"검정색 범퍼요."

"여기 전화기 있으니까 본인 번호로 전화 한번 걸어보세요."

"아… 네."

벨소리가 들리자 안내원은 핸드폰 하나를 들고 나타났다. 내 핸드

〈 찌질함 레벨 1 〉

폰이었다. 그러고는 핸드폰을 건네며 말했다.

"잠금되어 있는데 한번 풀어보세요."

내가 만들어놓고, 하루에도 수십 번씩 쓰는 잠금 패턴을 그리려는데 긴장이 됐다. 내 것임을 확인하는 몇 번의 절차를 걸쳐 핸드폰을 겨우 되찾았다. 잠깐 일상에서 벗어나려 했는데, 쭉 벗어날 뻔했다.

핸드폰을 손에 꽉 쥐고는 입국장 게이트 중 한 곳으로 갔다. 의자에 앉았다. 가장 시끌벅적한 입국장이었고, 앉을 수 있는 의자도 많았다. 누군가를 기다리고 있는 사람들 틈에서 눈치를 보며 연기를 시작했다. 마치 누군가를 기다리고 있는 것처럼, 캐리어가 있었다면 어딘가를 떠나기 위한 사람처럼 연기했을 거다. 아무도 나에게 관심이 없는데도 말이다. 그렇게 두 시간을 앉아 있었다. 울고 웃으며 반기는 이들을 구경했고, 알아들을 수 없는 말로 쉴 없이 쫑알거리는 아이와 서로 짧은 영어로 대화를 나눴다.

두 시간 있었다고 공항이 제법 익숙해지기 시작했다. 그럼에도 지나가는 공항 직원을 보면 괜히 핸드폰을 보며 누군가를 기다리고 있는 척했다. 할 일 없는 백수가 일상이 지겨워져 공항에 놀러왔다는 걸 들키고 싶지 않았다. 들키고 말고 할 것도 없는데 말이다.

영화 〈터미널〉의 톰 행크스가 떠올라 공항 구석구석을 살펴볼까 했지만 그냥 생각으로 그쳤다. 영화는 영화고, 나는 소심한 인간이라 다른 이들의 눈치를 보며 어설픈 연기나 할 뿐이다. 괜스레 쪼그라드는 마음에 공항 여행을 끝내기로 했다. 커피숍에서 따뜻한 커피 한 잔을 마시고 공항을 빠져나왔다.

여행을 마친 이들 틈에서 다시 집으로 가는 길. 깜깜한 밤 지하철 안. 긴 여행을 마치고 오는 여행자처럼 피곤한 모습으로 앉았다. 그렇게 또 연기를 했다. 누구도 나에게 관심이 없는데 나 혼자 사람들의 시선을 신경 쓰고 있었다.

(찌질함 레벨 1)

집으로 가는 길, 불현듯 익숙했던 모든 것들이 지겨워졌다. 상황
도, 환경도, 나도.

해야 할 일도, 하고 싶은 일도 없을 때 마주하는 시간마저도, 모
든 것이 지겨워졌다. '지겨워', '지겨워'라는 생각이 머릿속에서
점점 커지더니 결국 입 밖으로 삐져나오고 말았다. "지겨워.", "지
겨워." 내뱉음과 동시에 귀로 들리는 지겨움에 참을 수 없을 만큼
지겨워졌다.

노트북을 켜서 여행지를 알아보자니 멀리 떠나는 여정이 벌써 귀

찮아졌다. 가까운 곳에 혼자 조용히 묵을 수 있는 공간을 알아보
자니 비용이 만만치 않았다. 무엇 하나 뾰족하게 해결할 수 없는
상황에서 알아보고 있는 과정 자체가 지겨워졌다. 나는 즉흥적으
로 떠날 수 있는 사람은 아니었다. 생각보다 여행을 좋아하는 사
람도 아니었으며 혼자 떠나는 걸 여전히 머뭇거리는 사람이었다.

결국 노트북을 덮어버렸다. 귀찮음이 지겨움을 눌러버렸다.

시간이 지나면 더 단단해지는 사이라 생각했는데, 어째 시간이
지나니 더 멀어지기만 한다. 학교라는 공간에서 비슷한 생활, 비
슷한 생각을 하며 어쩜 이리도 잘 맞을까 생각했던 친구들이 학
교를 떠나고부터는 저마다 너무나도 다른 인생을 살고 있으니 말
이다.

이제는 각자의 생활을 자세하게 설명해야 서로의 일상을 겨우 5분
의 1쯤 이해할 수 있다. 그 달라진 세상만큼 함께 바뀐 생각에 도
대체 우리가 어쩌다 친구가 되었을까 생각이 들 때도 있다.

우리가 공감하고 있던 건 서로에 대해서가 아니라 그때의 환경 아니었을까 싶다. 그러니 환경이 바뀌는 순간 우리의 공감은 흔적도 없이 사라질 수밖에. 오랜 시간을 함께했지만 그것은 이제 중요하지 않게 되어버렸다. 이제는 고작 한두 번 만난 인연과 더 깊은 이야기를 할 수도 있게 되고, 이따금 고작 열 시간도 함께 지내지 않은 사람과의 시간이 더 편해질 때가 있다.

이 글은 절대 소개팅을 잡아오지 않는 친구들한테 읽으라고 하는 말이 아니다. 진짜다.

매번 남자친구 이야기 결혼 이야기 같은, 나와는 공감되는 부분이 1도 없는 이야기만 하는 친구들에게 하는 말이 아니다. 진짜다.

(찌질함 레벨 1)

전공이
뭐예요?

사람들은 왜인지 처음 만난 사이에도 "전공이 뭐예요?"라고 곧잘 묻는다. 숫자보다는 글씨를 좋아하고, 코스닥이 어쩌고 금리가 어쩌고 하는 것보다는 정치가 어쩌고 사회가 어쩌고 하는 걸 더 좋아하는 나는 경제학을 전공했다. 그러니 그런 질문을 받을 때마다 나는 경제학을 전공하긴 했으나 경제와는 전혀 무관한 사람임을 증명하기 바쁘다. 수능을 보고 성적에 맞는 학교를 찾다보니 경쟁률만 대충 보고 대학교 지원을 했다. 그러니까 내가 뭘 배우게 될지에 대해서는 전혀 고려하지 않았다는 것이다. 어느 곳에 원서를 넣어야 대학생이 될 수 있을지, 재수를 면할 수 있을지만 생각했다. 결국 신중하지 못했던 결정은 무수한 좌절의 시간을 선물해주었다. 공부를 좀 열심히 했으면 좋았겠지만 고등학교 때 수학 모의고사 18점을 맞은 나다. 경제학은 수학과 밀접하다는 걸 대학 와서 알았다.

암기도 나의 약점 중 하나였다. 사실 모든 게 무리였다. 울면서 학교를 다녔다. 미시경제학이고 거시경제학이고 눈물이 났다. 그런데 경제학을 전공했다는 이유로 사람들은 뉴스에 나오거나 신문에 나오는 그래프를 쉽게 설명해주길 바랐다. 더는 안 되겠다 싶었다. 전공을 바꾸기로 했다.

물론 다시 대학이나 대학원을 가진 않았다. 그냥 마음대로 바꿨다. 누가 봐도 학생이 아닌 나에게 자꾸 전공을 묻는 이들이 너무 귀찮았다. 누군가 "전공이 뭐였어요?"라고 묻는다. "연극영화과요." 나의 대답에 상대방은 '엥? 당신이?'라는 표정이다. 조금 찝찝하긴 해도 금리가 어쩌고 하는 질문을 받을까 조마조마한 것보다는 낫다. 근데 조마조마하진 않은데 왜 이렇게 찝찝하지? 흠, 아까 그 표정은 뭐였지?

(찌질함 레벨 1)

어디
사세요?

소개팅을 했다.

"어디 사세요?"

"인천요."

"저랑 결혼하면 인천 말고 강남에 있는 32평대 아파트에 살 수 있어요."

"네?"

인천 말고? 인천 말고는 뭔가?

뭐 이런 놈이 다 있나 싶어 물을 끼얹고 '미친놈'이라고 말했다.

아니 말하려 했다. 진짜다. 하지만 나는 생각을 행동으로 바로 옮기는 부지런한 사람이 아니었다. 말이 제때 나오지 않았다. 미친 놈이라는 말은 커피숍을 나와 도망치듯 집으로 가면서 뒤늦게 입 밖으로 나왔다. 물론 개미 목소리로.

소개팅남은 강남에서 인천까지 가는 택시비를 줄 테니 좀 더 이 야기하자고 했다. 택시를 사준다고 해도 1분도 더 함께 있고 싶지 않았다. 사실 진짜 눈앞에서 사줬으면 한 시간 정도는 같이 있을 수 있었다. 모르는 사람이 봤으면 쫓기는 줄 알았을 것이다. 감히 동북아시아의 허브, 300만 인구를 자랑하는 내 고향 인천을 얕잡 아보다니. 사실 인천에서 태어나진 않았다. 그래도 인천은 내 고 향이다. 인천에 엄청난 애정을 가진 나에게 '인천 말고'라는 말은 굉장히 거슬렸다. 젠장. 소개팅에 나와서 고작 한다는 소리가 참.

도저히 분이 풀리지 않아 동네 친구에게 전화를 걸었다.

"야, 너 인천 말고 강남 32평 아파트에서 살고 싶어?"

"어."

"…그럼 너 소개팅 할래?"

(찌질함 레벨 1)

두 시간 동안 가장 많이 생각한 단어는 '좌절'이었다. 이야기는 지난주로 거슬러 올라간다. 지난 일요일, 두 시간 동안 곡 만드는 걸 배웠다. 웬 곡 만들기냐고? 나는 사실 일곱 살 때부터 입으로 흥얼거리며 곡을 만들어내는 엄청난 재능이 있었다. 혼자만의 비밀이었다. 우선 다른 재능을 먼저 살린 후에 음악적 재능을 끄집어 낼 생각이었다. 그리고 스물아홉, 재능이라 믿었던 모든 것들이 재능이 아니었음을 알게 됐다. 마지막 남은 음악적 재능을 끄집어 내야 할 타이밍이었다.

첫 수업부터 심상치 않았다. 무에서 유를 창조해나가는 재능에 스스로 감탄했다. 결국엔 너무 신나서 "장비는 뭐부터 사야 하죠?"라고 물었다. "아… 장비는 나중에 사시고요. 프로그램부터 익히셔야 해요."라고 선생님은 대답했다. 그렇다. 나는 첫 수업부터 이미 '용감한 형제'를 꿈꾸고 있었다.

어렸을 때부터 첫째라는 이유로 엄마는 나에게 아낌없는 투자를 했다. 피아노는 기본이고 플루트, 바이올린까지 가르쳤다. 하지만 금방 흥미를 잃었던 딸은 결국 악기값만 날렸다. 중고로 산 것이라서 크게 혼나진 않았다. 제값 주고 샀으면 집에서 쫓겨났을 것이다. 나름 체르니 100번까지 공부했음에도 악보는 볼 줄 몰랐다. 그러니 나처럼 화성학을 모르는 '용감한 형제'의 성공을 보며 나의 길이라 여겼다.

첫 수업 두 시간이 훌쩍 가버렸다. 선생님은 16마디를 찍어 오라는 숙제를 내주셨다. 일주일 내내 마디를 찍고, 막히는 부분은 유튜브로 공부해가며 대한민국 음악계의 천재 신인이 될 준비를 마쳤다. 두 번째 수업시간. 떨리는 마음으로 16마디 비트를 들려줬다. '내가 이 정도야'라는 거만한 마음이었다. 그리고 뒤이어 재즈

(찌질함 레벨 1)

피아노, 피아노 전공자들의 비트를 들었다. "아… 아…" 긴 탄식을 내뱉으며 나는 좌절하고 말았다.

대한민국 음악계의 천재 신인은커녕 기본적인 박자 감각도 없는 나의 비트와는 완전히 달랐다. 〈쇼미더머니〉의 비와이처럼 그들은 another level이었다. 얍얍얍. '선생님이 같이 작업하자고 하면 어쩌지? 이제 본격적으로 작곡가가 될 준비를 해야겠다. 노트북도 새로 사고 건반도 사야지.' 했었는데 엄청난 설레발이었음을 깨달았다. 29년 동안 숨겨온 재능이라고 생각했는데 오히려 '재능 없음'을 마주할 줄이야. 계속 흘러나오는 전공자들의 비트 소리가 미치도록 부러웠다.

'내가 갖고 있지 않은 재능을 넌 어찌하여 갖게 되었느냐? 아, 부럽구나.' 결국 '용감한 형제'를 꿈꾸던 나는 두 번째 수업에서 바로 꿈을 접었다. 대신 마음을 비우고 나만의 속도로 수업을 즐기자는 마음으로 남은 수업에 임했다, 고 하면 그건 큰 그릇의 사람인 거다. 나는 간장 종지만 한 그릇을 가진 사람이었다. 타인의 재능에 부러움 반, 나의 재능 없음에 아쉬움 반을 안고 잔뜩 풀 죽은 채 수업에 임했다.

4주간의 수업이 끝났다. 49초 남짓 되는 16마디를 겨우 만들어내고서야 음악에 흥미를 완전히 잃었다. 나는 깨달았다. 나를 좌절케 했던 타인의 재능에는 숨겨진 시간이 있었다는 걸. 나 또한 고작 몇 문장의 글을 쓰기 위해 수많은 책을 읽고, 쓰고, 지워갔던 시간이 있지 않았나. 그리고 나에겐 새로운 숙제가 주어졌다. 스물아홉, 새로운 재능을 찾아야 한다는 것.

'아버지 날 보고 있다면 정답을 알려줘.'

(찌질함 레벨 1)

세금이
아까워

회사를 그만두고 내 힘으로 밥벌이를 해보겠다며 사업자등록을 했다. 뜨거운 여름, 사업자등록증, 통신판매확인증과 회사 이름이 박힌 신용카드를 품고 땀을 흘리며 길을 걸었다. '내년 여름에는 땀 흘리지 않고 이동할 수 있겠지?', '첫차는 어떤 차가 좋을까?' 고민하면서 말이다.

그러던 와중 전화가 걸려왔다. 퇴사하고 백수 시절에는 세금을 내지 않았지만, 이제는 위치가 달라졌으니 나라에서 세금을 내라 했다. 사업자등록한 걸 귀신같이 알았으면 내 통장 잔액도 귀신같이 알았을 텐데 너무한 거 아닌가 싶은 마음도 들었지만 그래도 납

세의 의무는 지켜야 했다. 그래야 뉴스를 보며 좀 더 큰소리로 욕할 수 있을 것 같았다.

상황, 열정, 노력. 모든 합이 맞았기에 보란 듯 돈을 긁어모으겠노라 생각했지만, 무참히 무너지고 말았다. 겨우겨우 애를 써서 수익은 냈지만 그대로 세금으로 빠져나갔다. 갈수록 조금씩 나아지긴 했지만, 초보 사업자의 쥐꼬리만 한 수익으로는 세금을 내는 게 꽤 부담스러운 것도 사실이었다.

혹시나 해서 검색해보니 초보 간이사업자에게 합법적으로 세금을 미뤄주는 방법이 있었다. 간단하게 이름과 주민등록번호를 적고 '사업을 시작한 지 얼마 안 돼 수익이 없으니…'라는 구차한 변명을 몇 줄 적어 팩스로 보내면 6개월 동안은 세금을 면제해준다고 했다. 그럼 진작 알려주지. 나에게 전화해 이제 사업자니 무조건 세금을 내야 한다고 했던 그녀가 미웠다. 그동안 낸 세금이 괜히 아까웠다. '저 세금 낼 상황 아닙니다'라는 의미의 말을 좀 더 불쌍하게 써서 팩스를 보냈다. 하. 속이 쓰리다. 세금을 팍팍 낼 사정이 되면 좀 더 큰 목소리로 뉴스를 보며 욕해야지 다짐했다.

모든 것은
일시적이다

'모든 것은 일시적'이라고 데이비드 실즈라는 미국의 유명한 작가가 《문학은 어떻게 내 삶을 구했는가》에서 말했다. 그러면 직업 무, 자산 무, 애인 무, 덧붙여 인생 최고의 몸무게를 기록하며 이따금 "힘내."라는 메시지를 받고, 친구랑 밥 먹으러 가면 "야 됐어! 내가 낼게."라는 말을 종종 듣는 지금의 나도 일시적인 거겠지? 그러니 괜찮아. 다시 일시적인 전성기가 오겠지. 소녀시대 윤아 뺨쳤던 미모, 직업 유, 자산 유, 애인 유, 가장 가벼웠던 몸무게를 기록할 전성기가 다시 오겠지.

역시 사람이 깨달음을 얻으려면 책을 읽어야 한다.

왜 말을 못해?
왜 말을 못하냐고?

아침에 집에서 있었던 일. 엄마와 할머니는 합이 잘 맞는 살가운 모녀는 아니다. 하지만 남 흉을 볼 때만큼은 최고의 궁합을 자랑한다. 그리고 오늘 두 모녀가 식탁에서 주거니 받거니 하며 친척의 뒷담화를 시작했다.

그 유전자를 그대로 물려받은 나 또한 이따금 뒷담화를 한다. 하지만 이상하게 타인이 그러는 건 괜히 싫고 불편하다. 그렇다. 나는 이기적이고 이상한 인간이다. 그러니 엄마와 할머니의 뒷담화는 늘 불편하다. 내가 하는 건 합리적이고 정당성을 가진 뒷담화라 여기면서 말이다. 스스로에게는 굉장히 관대하면서 타인의 행동에 대해서는 무서우리 만큼 객관적이다.

그래서 나는 재빨리 일어나 식탁으로 가서는 '앞에서는 아무 말도 안 하고 왜 뒤에서 사람 흉을 봐?', '그렇게 싫다면서 저번 할머니 생신 때는 왜 초대한 건데?', '언제는 OO만큼 좋은 사람 없다면서 꼬박꼬박 안부 전화하고 찾아가더니 왜 이제 와서 그래?', '그 사람의 잘못된 행동을 비판할 수는 있어도 삶의 방식을 비난하면 안 되지'라고 말하려 했지만, 참았다. 결코 엄마와 할머니의 공격에 미리 쫀 게 아니다. 오랜만에 엄마와 할머니가 다정한 모녀의 모습을 보이는데 차마 그 시간을 깰 수 없었던 것이다. 진짜다.

점심 때 있었던 일. 도서관에 예약해놓은 책을 찾으러 갔다가 결국 다른 책들에 마음을 뺏겼다. 곧 자리를 잡고 책을 읽었다. 책 찾는 사람들의 운동화 소리와 신문 넘기는 소리 빼고는 조용한 도서관. 5분 후 어디선가 코 고는 소리가 들린다. 고개를 돌려 찾아보니 구석에서 책을 쌓아놓고 보던 청년이었다. 거슬리긴 했지만 그런가보다 했다. 오늘자 신문을 끼워놓으려고 온 사서가 이내 코를 골고 있는 청년을 발견했다. 그는 일말의 고민도 없이 청년을 살짝 흔들며 "여기서 코 골면서 주무시면 안 돼요."라고 말했다. 굉장히 단호했다. 엄청 멋있어 보였다. 저렇게 1초의 머뭇거림도 없이 할말을 하다니. 나도 저렇게 멋있게 살아야 싶었다. (나는 언제나 할말을 머뭇거리고 참으면서 결국엔 말을 못하는 사람이다.) 얼마 후 40대 중년의 아저씨가 내 옆옆 자리에 앉았고 계속 "쩝, 씁, 짭, 쯧, 쩨" 하는 소리를 도돌이표처럼 반복했다. '도서관에서 소리 내면 안 돼요'라고 말을 할까? 혼자 고민을 하다가, 결국 나는 10분 전 '나도 저렇게 멋있게 살아야지' 했던 다짐을 깨버리고 말았다. 나는 일부러 기침을 한 번 하고, 똑같이 '쩝' 하는 소리로 되받아치며 아무도 모를 무언의 불만을 표시했다.

저녁에 카페에서 있었던 일. 50대 후반에서 60대 초반으로 보이는 두 명의 남성이 들어왔다. "여기, 주문은 어떻게 하는 거예요?" 두 사람 중 한 명이 물었고 카페 사장님은 주문 방법을 설명해주었다. 두 남성은 주문하지 않고 각자 테이블을 하나씩 잡고 자리에 앉았다. '카페 입장에서는 반갑지 않은 손님들이군' 생각하며 열심히 노트북을 두드리며 글을 쓰고 있는데 트로트가 들려왔다. 한숨을 크게 쉬고 이어폰으로 귀를 막아봤지만, 이제는 텔레비전

(찌질함 레벨1) ─────

소리다. 카페는 수익을 창출하기 위한 지극히 상업적인 공간이다. 하지만 두 사람은 이 공간이 마치 길거리 정자나 벤치 같은 쉼터라고 생각하는 것 같았다. 점점 커지는 볼륨에 더는 참을 수가 없어 일개 손님인 나이지만 남성1에게 다가가 '이어폰 좀 사용하시면 안 될까요?'(보통 타인에게 말을 걸 때는 '죄송한데'라는 말을 끼워넣지만 아무리 생각해도 내가 죄송한 게 없어서 그 단어는 뺐다)라고 말하려 했다. 그런데 건너편 테이블에 자리를 잡고 앉은 남성2가 의자를 세게 치면서 "아, 왜 이렇게 안 와?"라고 하는 걸 보고는 이내 다시 자리에 앉고 말았다.

믿기지 않겠지만, 이 모든 일은 하루에 일어났다. 휴, 나는 왜 말하지 못했을까?

이
별

신발장에 신을 만한 구두라곤 딱 한 켤레. 가만 보니 앞코가 살짝 들린 건지 뜯어진 건지 여하튼 꼴이 우스웠다. 매일 운동화 같은 편한 신발만 신고 다녀서 이따금 좀 신경 써야 할 때는 이 구두를 신는다. 굽이 없어 편하고, 적당히 신경 쓴 느낌을 주는 나름 든든한 구두였는데.

구두를 들고 엄마한테 가서 "엄마, 이거 수선될까?" 물었더니 엄마는 "야, 그냥 새로 사. 그리고 제발 구두 살 때는 비싼 거 사. 엄마 봐봐. 그래야 오래 신잖아."라고 말한다. '야, 그냥 엄마가 새로 사줄 테니까 버려'라고는 끝끝내 말하지 않는다.

하지만 앞코 빼고는 멀쩡하고, 유행 타는 신발도 아니고, 어떤 차림에도 잘 어울리는 신발이라 영 포기하기가 어려웠다. 물론 갑자기 생각지도 않은 곳에 돈을 쓰고 싶지 않기도 했다. 결국 나는 몇 번 고민하다가 마음을 먹고 구두 수선집에 갔다.

겨우 구두 수선 하나 맡기는 데 왜 이렇게 고민을 했을까 생각해보니, 혹시 '이 구두는 더는 살릴 수가 없습니다. 마음의 준비를 하세요'라고 할까 봐 겁이 났던 게 아닐까 싶었다. 나는 수선집 문을 슬쩍 열고서는 쇼핑백에서 구두를 꺼내 "저기, 이거 고칠 수 있을까요?"라고 물었다. 구두 장인은 눈으로 재빨리 구두를 스캔하고 1.7초 정도 구두를 만져보더니 "다시 상할 수는 있지만 살릴 수는 있어요."라고 말했다. '휴, 다행이다.'

8천 원을 구두 장인에게 넘겨드리고 구두의 생명을 연장했다. 혹여 여기서 이별을 해야 하나 잔뜩 졸아 있었는데 마음이 편해졌다. 물건이어도 마음을 주었던 것과 예상치 못한 이별을 하는 건 여전히 힘들고, 새로 물건을 들이는 데는 고민과 걱정이 많은 요즈음이다.

며칠 후 수선한 구두를 신었다. 집 앞에 나오자마자 구두 앞코가 다시 뜯어졌다. 구두 장인이라고 부른 거 취소다. 다시 집으로 돌아왔다.

구두 수선을 맡긴 날 만났던 친구에게 전화를 했다. 순댓국 한 그릇이 날아갔다고, 8천 원이 허공에 사라졌다고 말했다. 친구는 "헌 것은 고치는 게 아니었네. 과감히 버리고 새것을 사는 게 더 이득일 때가 있네! 물건이나 사람이나."라고 말했다. 나는 "아니, 그래도 그때 안 고쳤으면 계속 찝찝했을 거야. 아무튼 끝을 본 거잖아. 그러니 미련 없이 신발을 보내줄 수 있는 거지."라고 대답했다.

고작 신발 하나를 갖고 각자의 지나간 연애에 빗대어 과하게 감정을 이입했다. 스물아홉 살의 솔로 여자들은 이러고 논다. 그리고 이번 대화는 내가 이긴 것 같다.

〔 찌질함 레벨 1 〕

요즘
기분 어때?

회사를 나와서 혼자 벌어먹고 살겠다고 이리저리 애쓰던 때였다.
무엇 하나 쉬운 게 없었다. 이러지도 저러지도 못해서 한숨만 내
쉬며 어쩌지 싶던 시간이었다.

그 시절 문자를 하나 받았다.

　　"요즘 기분 어때?"

문자를 받고 당황해서 대답을 하지 못했다. 가만 생각해보면 누군
가 내 기분을 궁금해하고 물어봐준 적이 없었다.

"무슨 일 해?", "얼마나 버는데?"라는 질문은 있었지만 그 질문들에 정작 나는 없었다.

처음엔 누군가 내 기분에 관해 물어봐준 게 너무 오랜만이라서 놀랐고, 물어봐준 이에게 대답을 해야 하는데 내 기분을 내가 몰라서 놀랐다.

누군가의 기분을 물어본다는 것, 사실 별것 아닌데도 물어볼 생각조차 해본 적이 없진 않았나? 상대가 '무엇'을 하면서 사는지, 못 사는지는 궁금하지만, 그 상대가 어떤 기분인지는 정작 궁금해하지 않는다. 질문을 받은 나도 하루에 몇 번이고 오르내리는 감정 상태에 요즘 내 기분이 어떤지, 내가 무엇을 느끼고, 무엇을 고민하고 있는지, 어떤 감정인지를 쉽게 말할 수 없었다.

나는 당황스러워 하면서도 요 며칠 내가 느꼈던 감정들을 돌이켜보고 대답했다.

"롤러코스터 같아."

상대가 '무엇'을 하면서 사는지, 못 사는지는 궁금하지만,
그 상대가 어떤 기분인지는 정작 궁금해하지 않는다.

"요즘 기분 어때?"

지금은 괜찮다는 말과 함께. 그리고 고맙다고,
지금 이 질문 하나로 정말 괜찮아졌다고.

하루에도 몇 번이고 상황에 따라 바뀌는 기분에 지쳐 있지만, 지금은 괜찮다는 말과 함께. 그리고 고맙다고, 지금 이 질문 하나로 정말 괜찮아졌다고.

"당신의 기분은 어떤가요?"

(찌질함 레벨 1)

포기에
관하여

졸업을 앞둔 때였다. '졸업하고 취업을 하면 돈을 벌고 어른이 되겠지?' 하는 단꿈에 젖어 있었다. 물론 취업에 대한 불안감으로 하루의 반은 불안에 떨었다. 나뿐만이 아니었으리라. 비슷한 처지의 친구들과 '우리 이제 뭐 해 먹고살지?'라는 이야기를 나누는데 친구 한 명이 대뜸 묻는다. "너네 삼포 세대가 뭔 줄 알아?" 친구는 삼포 세대가 연애, 결혼 그리고 출산을 포기하는 세대를 일컫는 말이며 우리도 거기에 해당한다고 했다. '가만 보자. 연애는 하고 있고, 결혼도 할 거고, 아이도 좋아하니까 낳을 건데? 나에게는 해당되지 않네' 싶었다. 비장한 표정으로 우리가 포기해야 할 것들에 대해 말하던 친구에게는 미안했지만, 속으로 콧방귀를 뀌었다. 한귀로 듣고 흘렸다. 그러다가 작년에 깨달았다. 삼포 세대와 오포 세대는 나를 가리키는 말이라는 것을. 남의 일이 아니었다.

'난 포기할 게 없는데?' 하면서 자신만만했던 내가 삼포에 더하여 주택과 인간관계를 포기하게 되었다. 독립을 꿈꿨지만 내가 가진 돈으로는 원룸 전세는커녕 다달이 월세와 생활비를 감당하기도 힘들다는 것 깨달았다. 나 하나도 벅찬데 결혼은 웬 말인가. 아이는 꿈도 못 꾼다. 포기할 게 많아지면서 스스로에게 좀 더 집중하게 된다. 그렇게 합리화하면서 자신에게 더 많은 욕심을 내게 된다.

'그래, 나만 생각하자.'

시간이 지나 친구들은 말하겠지. '너네 10포 세대가 뭔 줄 알아?' 앞으로 포기해야 할 것들은 점점 더 많아지겠지.

그때가 되면 나는 또 어떤 것을 포기하게 될까?

(찌질함 레벨 1)

시행착오를 하는 게 당연한 인생인데, 사람들은 모두 내보일 만한
결과와 그럴듯한 인생을 보여주려고만 한다. 그러면서 현실과 이
상의 틈에서 힘에 부쳐 한다.

여든일곱 우리 할머니도 이따금 손녀에게 미역국을 끓여주면서
'이번엔 간을 잘 못했다', '고기를 깜박하고 못 넣었다' 하신다.

그런데 고작 스물아홉인 내가 뭔가 그럴듯한 결과를 내지 못해
기죽어 있다니. 내보일 만한 게 없다고 작아져 있다니.

자존심이
있지

불안한 삶을 살아가며 허덕이는 와중에 전화가 왔다. 현실과 이상
의 경계에서 무너지고 있는 나에게 다시 월급쟁이로 살아보지 않
겠느냐는 전화였다. 회사가 싫어서 회사를 나오긴 했지만 사실 일
도 잘했고, 예쁨도 많이 받았다. 진짜다.

순간 흔들렸다. 매달 한 번씩 월급이 주는 안정감을 누구보다도
잘 알기 때문이었다. '회사가 싫어서'의 너구리를 외면한 채 다시
월급쟁이로 변신해 '회사가 좋아서'를 써볼까 싶었지만 아무리 생
각해도 아니었다. 자존심이 있지, 다시 회사로 돌아갈 순 없었다.

"제안은 감사하지만, 저는 잘 살고 있습니다."

"회사에 다닐 생각은 없어요."

"진짜 지금 잘 살고 있어요."

"엄청 행복해요."

이렇게 말하고 전화를 끊은 뒤 생각했다.

'아, 좀 생각해본다고 할 걸 그랬나?'

'엄청 행복한 건 아닌데.'

'잘 살고 있는 건지 모르겠는데.'

'시간을 달라고 할걸 그랬나?'

'잘한 거겠지?'

사주를
또 보고 왔다

첫 번째 책에 점집에 대한 몇 편의 에피소드를 넣었다. 실제로 점은 볼 만큼 봤고 모두들 "점 보러 다닐 필요 없어. 평탄하니까 나중에 결혼하게 되면 궁합이나 보러 한 번 와."라고만 했다.

하지만 겨울에 온다고 했던, 봄에 온다고 했던 내 임은 하나같이 오지를 않았다. 그래서 결국 스물아홉 새해를 맞이해 나는 다시 용하다는 사주 카페를 찾았다. 평소에는 주로 신점을 보는 편이지만 용하다는데 그냥 지나칠 수가 없었다. 점이건 사주건, 토정비결이건 정말 끊을 수가 없다.

(찌질함 레벨 1)

"찾으시는 선생님 있어요?"라는 질문에 "OO 선생님요."말하고 기다렸다. 다른 테이블에서 연인의 궁합을 보고 온 선생님은 내 이름과 생년월일을 적으며 물으셨다. "남자친구 있어요?" 가볍게 던진 질문이었지만 마음이 쓰렸다. "아니요." 대답을 했더니 "오래 연애하기는 힘든 사주지."라고 말했다. 괜히 발끈한 나는 "왜요?"라고 물었고 선생님은 "금방 질려 해."라고 말했다. "아닌데, 저 5년 만났는데요?"라며 대단한 자랑이라도 되는 것처럼 과거의 연애를 꺼냈다. 젠장. '저 오래전에, 5년 만났었는데요'가 맞는 말이겠구나 생각하며 씁쓸해했다. 그리고 바로 내 입에서 나온 말은 "그래서 제 임은 언제 오나요?"였다. "올 4월에 나타날 거야."라는 대답이 돌아왔다. 3개월이나 더 기다려야 한다.

기다림이란 숙제를 안고 집으로 돌아가는 길, 사주를 곱씹어봤다. '내가 금방 흥미를 잃고 새로운 걸 찾는 사람인데 한 사람과 5년을 만났다면 그것은 지랄 맞은 나를 맞춰준 상대의 노력이 엄청났다는 거겠지? 그렇다면 사주도 결국 한 사람의 노력으로 충분히 바뀔 수 있다는 거네? 그래, 운명도 사람의 일이었어. 그렇다면 나도 노력해야지.'

백수

네요?

"그래서 지금 백수네요?"

"네?"

딱히 반론할 수 없는 물음이었다. 백수를 대신해서 나를 설명할
단어도 떠오르지 않았다. 백수의 범주에서 벗어나지 않는 삶이었
다. 그래서 "아, 네."라고 대답했다. 괜히 발끈했지만 (물론 티는 못
냈다) 달리 대답할 말도 없었다.

그리고 이어지는 대화.

"자유로워서 좋겠어요."

"네, 그렇죠."

"그럼 언제 일어나세요?"

"전 일찍 일어나는 편이에요. 8시? 9시?"

"우와, 부지런하시네요."

잠깐. 나보고 부지런하다고 말한 이는 출근을 위해 매일 6시 30분에 일어나는 사람이다. 나는 괜히 찔려서 6시 30분에 일어나는 사람 앞에서 우쭐대며 부지런함을 어필한 것일까?

순댓국과
외로움의 관계

순댓국 냄새를 맡기 싫어서 근처에도 가기 싫어했던 나인데, 최근
들어 소울푸드 리스트에 당당히 순댓국을 올렸다. 서른을 앞두면
그렇게 된다. 진짜다.

일요일 밤 8시, 순댓국집 앞에 서서 아련하게 손님들을 15분째 바
라보고 있다. 혼자가 익숙한 일요일. 나는 그날도 카페에서 읽고
쓰며 시간을 보냈다. 가을에서 겨울로 넘어가는 날씨에다 이미 저
녁 시간이 한참이나 지나 있었기 때문에 자연스레 순댓국이 내
머릿속에 자리를 잡았다.

서둘러 동네 친구들에게 문자를 보냈다. 그러고는 답이 오는 시간을 기다리지 못해 바로 전화를 돌렸다. 그런데 어쩜 하나같이 데이트 중이었다. 배고픔에 쓸쓸함이 더해져 눈물을 훔쳤다. "괜찮아, 괜찮아."를 입 밖으로 내뱉으며 서둘러 가방을 챙겨 순댓국집으로 향했다.

하지만 난 들어갈 수 없었다. 그러니까 난, 혼자가 익숙한 사람이긴 했지만 혼자 집 밖에서 밥을 먹는 데는 익숙하지 않았다. 내가 혼자 밥을 먹은 건 스물다섯 살 때가 처음이었고 혼밥의 메뉴는 지극히 한정적이었다. 그런데 순댓국이라니. 나의 소울푸드일지언정 순댓국집 테이블을 채우고 있는 아저씨들 틈 사이에 들어가 앉으려니 '지금 여기에 20대의 훈훈한 미녀가 어울릴까?' 하는 생각이 들었다. 그렇게 순댓국집을 바로 앞에 두고 따뜻한 순댓국으로 일요일 밤을 마무리하고 있는 이들을 바라보며 나는 고민을 하기 시작했다.

'용기를 내. 그냥 들어가, 괜찮아.'
'용기가 안 나. 순댓국이 뭐라고.'

혼자만의 시간은 익숙했지만 혼자서 밥 먹는 건 꽤 어색했던 나는 순댓국이라는 메뉴 앞에서 깊은 고뇌에 빠졌다. 그리고 이내 발걸음을 집으로 옮겼다. 순댓국집 문을 열고 들어가는 용기를 내지 못했다. 혼자여서 편하고, 혼자서도 잘 살고 있다고 생각했는데, 오늘은 혼자여서 쓸쓸했다.

평생 즐기지
못할 거야

초등학교 방학 숙제에 일기는 빠지지 않았다. 하지만 친척 오빠들, 동네 친구들과 노느라 바빴던 나는 당연히 매일 일기를 쓸 수가 없었다. 그렇다고 원 없이 신나게 방학을 즐겼냐고 물으면 그것도 아니다. 아이들과 놀면서도, 집에서 파워레인저를 보면서도 마음은 불안했다. '아, 일기 써야 하는데…' 하면서 온전히 그 순간을 즐기지 못했다. 개학이 다가와 밀린 일기를 쓰고 있노라면 엄마가 말했다. "그냥 쓰지 마. 일기가 그날그날의 기록인데 이미 지나간 걸 억지로 쓸 필요 뭐 있어. 오늘 것만 써." 하지만 나는 기어코 밀린 일기를 썼다. 얼마 남은 방학은 자유를 만끽하는 게 아닌, 고통의 시간이었다.

중학생이 되고, 고등학생이 되고 나서도 달라지는 건 없었다. 친구들이 신나게 놀고 있을 때 그 틈에 껴서 한다는 생각이 고작 '아, 이렇게 놀아도 되나? 공부해야 하는 거 아닌가?'였다.

시간이 지나, 지금 이 순간에도 나는 이 순간을 즐기지 못하고 있다. '잘 쓸 수 있을까?', '마감은 지킬 수 있을까?' 요즘에는 누굴 만나기만 하면 '이럴 시간에 글을 써야 하는데…'라는 마음에 그 순간을 온전히 즐기지 못한다. 그렇다고 온전히 쓸 수 있는 시간이 주어지면 부지런히 쓰는 것도 아닌데 말이다. 어쩌면 난 평생 모든 것을 즐기지 못할 것이다.

친구들은 어렸을 때로 돌아가고 싶어 한다. 아무 걱정 없이 놀았던 그때로. 하지만 어렸을 때도 늘 걱정이 많았던 나는 아무 걱정 없이 놀아본 적이 없다.

어쩌면 나는 계속 걱정을 껴안고 즐기지 못하고 사는 건 아닐까?

〈 찌질함 레벨 1 〉

삼시 세끼를 다 챙겨 먹지도 않는 나였는데, 이제는 잠자는 시간을 제외하고 두 시간 이상 공복이 지속되면 아무것도 할 수 없는 나이가 되었다. 아침을 챙겨 먹고 9시에 나왔다. 11시부터 출출해지기 시작했다. 밥 먹은 지 두 시간밖에 안 됐는데 벌써 배가 고프다니 싶어 좀 더 버텨보기로 했다. 쉽지 않았다. 결국, 11시 30분. 근처 국수 가게로 향했다. 할머님과 따님이 시간을 바꿔 교대로 일하는 국수 가게다.

연일 폭염주의보 문자가 오는 날씨에 뜨거운 불 앞에서 국수를 삶고 계시는 이모한테 말했다. "이모, 저 잔치국수랑 어묵 하나 같이 주세요." 그러고는 벽에 붙어 있는 선풍기 바로 아래 자리를 잡았다. 바람이 좀처럼 나에게 안 온다. 뜨거운 여름, 벽에 선풍기는 있지만 밖의 날씨와 다르지 않은 국수 가게 안에서, 김이 모락모락 나는 잔치국수를 먹는다. '내가 미쳤지. 에어컨 나오는 곳에 가서 밥을 먹었어야 했는데…' 그래도 배는 고파서 국수를 후루룩 넘기고는 두 손으로 그릇을 들어 국물을 들이킨다. 국물이 목을 넘기고 위까지 전해지자 속이 든든해진다. "아, 시원하다!" 하지만 현실은 머리부터 얼굴을 타고 내려오는 땀으로 범벅.

천천히 먹다가는 내가 더위에 불어버릴 것 같아 금세 자리에서 일어났다. 물론 한 그릇을 다 비워낸 후다. 음식을 남기는 사람은 아니다. "이모, 계산이요!" 했더니 뜨거운 불 앞에서 면을 삶고 있던 이모님이 "2천 원만 줘." 하신다. 꼬깃꼬깃 천 원짜리 지폐 두 장을 건네면서 말했다. "많이 더우시죠?" 이모님은 "여름에 더운 걸 별수 있나?" 하면서 2천 원을 빨간색 앞치마 주머니에 넣고 불 앞으로 다시 발걸음을 옮긴다. "잘 가요."라는 말에 "잘 먹었습니다."라고 대답을 하고 가게를 나선다. 배를 채우고 다시 책방으로 가는 길, 계속 '별수 있나?'라는 말이 맴돈다.

〔 찌질함 레벨 1 〕 ───

별수 없는 일을 끙끙거리며 살고 있지 않나 싶었다. 습하고 더운 여름이 힘들지만, 당장 습하지 않고 시원한 나라로 떠날 수는 없다. 잠을 줄이고 읽고 쓰겠다 했지만 6시 알람을 놓치고는 7시에 일어난다. 7시에라도 바로 일어났으면 좋았을 텐데 다시 잠든다. 9시에 일어난다. 또 그렇게 아침이 지나갔다. 평소 이용하지 않던 화장품 가게에서 산 클렌징티슈는 영 별로다. 잘 닦이지도 않고 피부에 닿으면 따갑다. 두 통이나 샀는데 말이다. 함께 산 수분크림도 영 안 맞는다. 수분이 전혀 느껴지지 않는다. 그래도 별수 있나? 내가 있어야 할 곳은 습하고 더운 한국이다. 이미 늦게 일어난 오늘 아침은 지나갔다. 클렌징티슈는 버리긴 아까우니 물티슈 대용으로 사용하는 수밖에. 수분크림도 홍청망청 써서 새로운 걸 사는 수밖에 없지. 이렇게 말하면서도 '나란 인간은 왜 의지가 약해서 매번 늦게 일어날까?', '왜 쓰던 거 안 사고 새로운 거 샀을까? 아, 돈 아까워' 하면서 며칠을 보낸다. 별수 없다. 나도 별수 없는 거다.

(찌질함 레벨 2)

———————— (원래 남의 인생은 쉬워 보이는 거야)

두 번의 퇴사를 경험했다. 직접 쓰고 디자인하고 편집을 해서 독
립출판물을 제작했다. 회사로 돌아가기 싫어 사업자등록을 했다.
조금씩 돈을 벌면서 밥벌이를 했다. 출판사와 연이 닿아 책을 냈
다. 폐업신고를 했다. 시간이 많아졌다. 또 한 권의 책을 만들었으
며, 책방 직원이 됐다. 불과 1년 사이에 일어난 일이다.

가까운 친구에게 혹은 처음 만나는 사람에게 일련의 과정을 이야
기하다보면 신기해한다. 평범한 회사원에서 180도 바뀐 일상. 그
러니까 보이는 결과로만 봤을 때는 무언가 끊임없이 도전하고, 많
은 것을 이룬 것 같은 상황. 하지만 전혀 그렇지 않다. 그 일련의

(원래 남의 인생은 쉬워 보이는 거야)

과정에서 통장은 가벼워졌다. 좋아하는 파인애플을 사 먹을 때도 주저했고, 옷 한 벌을 살 때는 일주일을 고민했다. 그 시간에 마늘을 까거나 인형 눈을 붙이면서 아르바이트라도 했으면 옷을 사고도 남았을 텐데 말이다. 상대방이 "대단한 것 같아요. 저는 쳇바퀴 돌아가는 삶을 살아가고 있거든요."라고 말하면 나는 "대단할 거 없어요. 먹고 싶은 거 있으면 유튜브에 들어가서 먹방 동영상을 보면 돼요. 사고 싶은 게 있으면 '나한테는 필요 없다, 저건 결국 쓰레기다'라고 주문을 외우면 돼요."라고 우스갯소리처럼 말한다.

남들보다 용기가 있어서도, 대단해서도 아니다. 그냥 삶의 불확실성을 껴안기로 한 것이다.

'회사를 그만두고 나면 삶이 좀 더 행복해질까?'

'사업을 하면 돈을 많이 벌 수 있을까?'

'글을 쓰고 책을 내도 될까?'

'남들처럼 회사 다니며 살지 않고 책방에서 일해도 괜찮은 걸까?'

한 치 앞도 모를 앞날을 그냥 받아들이기로 했다.

지나고 보니 마음먹은 대로, 혹은 계획처럼 되는 일은 없었다. 회

〈 찌질함 레벨 2 〉

사를 그만두어도 삶이 더 행복해지지는 않았다. 많은 시간을 불안함 속에 살았고 위축된 채 살았다. 회사 일이 아닌 내 일을 한다고 해서 돈을 많이 버는 것도 아니었다. 1부터 10까지 모든 일을 혼자 해야 했고 문제가 생겨도 혼자 해결해야 했다. 어깨가 더 무거워졌다. 글을 쓰고 책을 낸다 해서 인세 수입으로 살 수 있는 것도 아니었다.

지금은 계속 글을 쓰며 살고 싶지만, 앞으로는 모른다. 갑자기 배우가 되고 싶다며 오디션을 보러 다니고 연기를 할 수도 있다. 지금은 책방에서 일하지만 언제까지 일할 수 있을지 모른다. 사장님이 갑자기 책방에서 백반집으로 업종 변경을 할 수도 있다. 모르는 것투성이다. "그래서 지금의 삶은 어때요?"라는 말에는 "잘 살고 있어요."라고 대답한다. 미래를 쉽게 계획하지 않고 순간에 충실하기로 했다. 어차피 확실한 삶이란 존재하지 않는다. 모든 게 확실했다면 지금쯤 나는 통장에 5천만 원쯤 있고, 결혼도 했을 테니까.

확실한 것이라고는 1년 후 어떤 삶을 살고 있을지 모른다는 것이다. 그러니 나는 파인애플을 사 먹으러 갈 것이다. 마트에 잘 손질된 파인애플이 있는 건 불확실한 삶 속에서 그나마 확신할 수 있는 일이다. 마트 정기휴무인 일요일 전날, 토요일 밤에 가면 좀 더 싸게 살 수 있다는 확실함이 그나마 위로가 된다.

나는 여전히 확실함과 불확실함의 경계에서 하루를 산다.

네 마음을

따라

맏이로 자라면서 해야 했던 수많은 선택은 오롯이 나의 몫이었다. 진학, 취업 등 뒤를 이어 똑같은 순간의 갈림길에 서 있는 동생들을 마주한다. 그때마다 좀 덜 힘들게, 좀 더 편하게 삶을 꾸려나가길 바라는 마음이 앞서 "내 말 들어."라는 말을 쉽게 내뱉었다. 내가 꾸려온 '나'의 세계가 철저한 타인의 세계에도 그대로 적용될 것이라 믿었던 자만이었다.

내가 강요했던 선택을 따른 동생이 얼마 전 말했다.

"그때 그냥 언니 말 듣지 말고, 내가 원한 학교로 갔어야 했는데."

내 세계는 하나뿐이고, 같은 세계는 존재하지 않는다.

"내 말 들어."가 아닌 "네 마음을 따라."라고 했어야 했다.

라고 써놓고 몇 개월 후, "언니 나 내년에 결혼하려고." 말하는 동생에게 "아직 어려, 천천히 가."라고 말했다.

사람들이 나에게 기대하는 것들, 당연하게 여기는 것들이 버겁다. 스물아홉이니까 몇 천쯤은 통장에 있어야 하고, 남편이나 남자친구도 있어야 하고, 안정적인 직장에 다니고 있어야 한다는 것들.

무언가를, 그러니까 사회에서 스물아홉이라는 나이를 가진 사람에게 기대하는 일들을, 무난하게 이뤘음을 전제로 하는 물음에 그저 웃어넘긴다. 감당해야 한다. 넘겨내야 한다.

그렇게 묻는 당신도 버거운 인생을 살고 있으면서. 꼭 남에게 확인한다.

(원래 남의 인생은 쉬워 보이는 거야)

어쩔 수
없다

출판사를 통해 책이 처음 나왔을 때, 광화문 교보문고에 갔다. 신간 에세이 매대에 내 책이 보였다. 신기하기도 하고 반갑기도 했지만 '여러분, 이 책 제가 썼어요'라고 말할 수는 없었다. 〈디스패치〉가 연예인 열애 현장을 취재하는 것처럼 반대편 매대에서 다른 책을 보는 척했다. 내 책을 보는 이들을 살폈다. 샘플 책을 집어 들고 몇 페이지를 넘기며 웃고는 여자친구가 오자 책을 내려놓고 가는 남자. 20페이지가량을 집중해서 보고는 크큭거리다 책 본문 사진을 찍고 가는 남자가 있었다. 10분 남짓 있었는데 누구도 책을 사 가지는 않았다.

〔찌질함 레벨 2〕

이후 종종 서점 근처를 지날 때마다 책을 한 번씩 보고 나왔다. '잘 버티고 있니?' 하면서 안부를 전했다. 하지만 어느 순간부터 내 책은 평대에서 보이지 않았다. 새로운 책들은 계속 나오고, 많이 팔리는 책이 아니니 자연스레 서가로 옮겨진 것이다. 예상했던 일이었고, 익히 들은 일이라 크게 낙담하지는 않았다. 그래도 조금은 씁쓸한 마음을 감출 수 없어 다음부터는 오프라인 서점에 가지 않았다. 책을 사더라도 온라인으로만 주문했다. 같은 이유로 중고서점에도 가지 않았다. 매대에서 자취를 감춘, 혹은 누군가의 책장에서 선택받지 못해 중고서점으로 옮겨간 책을 마주할 자신이 없었다. 머리로 받아들이는 것과 눈으로 받아들이는 간극은 컸다.

한 달이 지났다. 오랜만에 근처 서점을 갔다. 검색해보니 에세이 서가에 한 권이 있었다. 세 번째 칸, 다른 책들 틈에 자리 잡고 있었다. 옆에 있는 책들도 살폈다. 마치 부모가 되어 우리 아이가 어떤 친구들과 같이 앉아 있나 싶은 마음이었다. 주변에 있는 책들은 누구나 다 알 만한 책이었다. 한때 매대에 오래 있었던, 방송에도 나왔던 책이었다.

마음은 크게 쓰지 않았다. '뭐, 새로운 책은 끊임없이 나오니까' 싶었다. 그런데 다음 순간, 내 책과 비슷한 콘셉트의 책이 매대에 깔려 있는 걸 봤다. 다시 마음이 조금 쓰였다. 굳이 숫자로 표현하자면 2% 정도?

그래도 어쩔 수 없는 일이다. 시간이 지나면 자리를 내어주게 되는 거다. 유명했던 책이든, 아니든.

(찌질함 레벨 2)

1.

"나 클럽 가고 싶어." 남들 클럽 다니면서 놀 때 대외 활동, 토익, 과 활동을 부지런히 했던 친구가 내뱉은 말이었다. 그 친구는 결국 원하는 공기업에 합격했다. 하지만 금세 수직적인 관계에 지쳤고, 뒤늦게 놀지 못한 한을 풀고 싶어 했다. 만나기만 하면 클럽에 가고 싶다고 했다. 원체 캄캄하고 시끄러운 곳을 좋아하지 않는 나는 말했다. "야, 너네끼리 갔다 와. 먹고 싶을 때 먹고, 놀고 싶을 때 놀아야지 행복한 거야." 그랬더니 다른 친구들이 "오빠한테 허락받아야 해.", "남자친구한테 허락받아야 해."라고 말했다. 잘못 들은 건가 싶어 되물었다. "클럽 가는 걸 남자친구한테 허락

받아야 한다고?", "응.", "에라이, 노예야? 친구들이랑 노는 것도 남자친구한테 허락을 받아? 모지리들아, 정신 차려라. 네 인생 네가 결정하고 행동해야지. 남한테 그 결정을 맡기냐?", "그렇긴 한데… 남자친구가 싫어해. 놀러가고, 여행 가는 거…" 결국 친구는 클럽에 가길 원하지 않는 남자친구와 싸웠다. 몇 시간 후 화해는 했지만 결국 클럽은 가지 못했다.

2.

늦게 배운 도둑질이 무섭다고, 평생 독신으로 사는 건 아닐까 걱정했던 친구가 두 번째 연애를 시작했다. 뭐가 그리 가고 싶은 곳도 많은지 친구는 지난주에 이어 이번 주말에도 남자친구와 여행을 간다고 했다. 그리고 걸려온 친구의 전화.

"야, 너 나랑 발리로 일주일 여행 가는 거다.", "무슨 소리야?", "엄마가 오빠랑 여행 간다고 하면 안 보내줄 것 같아서 너랑 간다고 했어.", "나를 또 팔았구나.", "응. 그러니까 넌 나랑 여행 간 걸로 해.", "야, 동네에서 어머니 마주치면 어쩌려고 나를 팔아? 다른 지역 사는 친구를 팔았어야지.", "누구랑 가느냐기에 나도 모

100

〔 찌질함 레벨 2 〕

르게 네 이름이 튀어나왔어. 그러니까 그런 줄 알어.", "그래 잘 갔다 와. 올 때 초콜릿 사 오는 거 잊지 말고."

일주일 동안 동네에서 친구 어머니를 만나는 건 아닐까 조마조마한 마음으로 다녔다. 발리 근처도 못 가본 나는 두 달 후 친구 어머니에게 "경희야, 발리 어땠어?"라는 말을 듣고 "아… 좋았어요."라고 거짓말을 했다.

친구들은 언제쯤 허락이 필요 없는 삶을 살 수 있을까?
서른을 앞둔 친구들이 마흔이 되면, 허락이 필요 없는 삶을 살 수 있을까?
결혼을 앞둔 친구들이 결혼을 하면, 허락이 필요 없는 삶을 살 수 있을까?

삶이 지겨워질 수
있다는 것

목욕탕에서 머리를 말리고 있는 동생을 기다리며 텔레비전을 본다. 텔레비전에서는 아흔이 넘은 할머니의 장수 비결이 담긴 일상을 보여주고 있다. 옆에 앉은 아주머니들 모두 식사도 잘하고, 힘도 좋은 할머니의 장수 비결을 보면서 연신 감탄을 하는데, 누군가 말한다.

"아우, 지겨워. 저렇게 오래 살면 지겨워."

"왜? 정정하시잖아. 건강하게 오래 사는 거면 좋지."

"그래도 지겨워. 너무 오래 살면 지겨운 거야."

(찌질함 레벨 2)

아주머니들의 말에 끼지는 못하고 가만히 들으며 생각했다. 저마다 죽음 앞에서 두려워하는데, 과연 지겨움이 두려움을 이길 수 있을까? '오래 살면 좋지'라고 말한 이도, '오래 살면 지겹지'라고 말한 이도 어쩌면 아흔 넘은 할머니의 삶을 통해 결국 지금 자기 삶을 말한 것 아닐까?

오래 살면 지겹다고 말한 아주머니에게 말했다. '저도 며칠 전까지만 해도 지겨워서 미칠 뻔했어요. 아주머니도 뭔가 새로운 계획을 세워보세요. 귀찮음이 지겨움을 이겨서 지겨움이 좀 사라질 거예요. 그리고 시간이 흐르면 지금의 지겨움이 그리워질 수도 있을 거예요. 전 그랬어요. 아주머니의 지겨움이 내일은 좀 더 가벼워지길 바랄게요.' 물론 속으로.

5천만 원의
삶

"어제 텔레비전 봤어?", "학교 가기 싫다.", "떡볶이 먹으러 갈래?" 따위로 이뤄졌던 친구들과의 대화는 더 이상 존재하지 않는다. "올해 연봉 동결이래. 짜증나.", "어디 이자가 괜찮냐? 적금 들어야 하는데." 등 돈 이야기로 대화를 가득 채운다. 오랜만에 만나 여느 날과 다름없이 서로의 밥벌이의 고단함을 털어내는데 친구 한 명이 말한다.

"이번에 적금 만기 됐어. 연봉도 올라서 드디어 5천만 원 모았어."

우리는 입을 다물지 못했다. 5백도 아니고 5천만 원. 나와는 어울

　　　　　　　　　　　　(찌질함 레벨 2)

리지 않는 숫자가 친구 입에서 아무렇지 않게 나오고 있었다. 그런 숫자는 엄마, 아빠 입에서나 나오는 줄 알았다. 5천만 원을 모았다는 친구의 말에 나머지 친구들은 감탄과 씁쓸함을 동시에 내비쳤다. 통장에 겨우 5백만 원이 있을까 말까 한 나는 '아, 스물아홉에도 5천만 원을 가질 수 있구나' 생각했다.

친구들과 헤어지고 집으로 가는 길. 마트에 들렀다. 파인애플 앞에서 서성거렸다. 손질된, 그래서 포크로 바로 집어먹기만 하면 되는 파인애플과 두꺼운 껍질과 꼭지가 있는 통 파인애플이 보였다. 손질된 파인애플의 가격이 980원 더 비쌌다. 둘을 수십 번 번갈아 보다가 이내 손질된 파인애플을 하나 골랐다. 바구니를 들고 마트 한 바퀴를 돌면서 좋아하는 쥐포와 과자도 골랐다. 파인애플을 고를 때 고민한 것 빼고는 별다른 고민 없이 먹고 싶은 걸 담았다. 빨간색 바구니를 꽉 채웠다. 집에 도착하자마자 씻었다. 선풍기를 틀어놓고 앉아 파인애플 반을 먹었다. '이 정도의 삶도 괜찮지 않은가?'라는 생각이 스쳤다. '5천만 원'이 엄청 부럽긴 하다. 그래도 지금 먹고 싶은 걸 사 먹을 수 있다는 사실이 퍽 감동적이었다.

회사를 그만두고 채워지는 것 없이 자꾸 돈을 쓰기만 할 때, 먹고 싶은 욕구도 함께 줄여야 했다. 먹고 싶은 걸 다 먹고 지낼 수는 없었다. 통장에는 파인애플 백 통을 사 먹고도 남을 돈이 있다 한들 선뜻 파인애플을 바구니에 담을 수는 없었다. 돈을 벌지 못한다는 사실에 위축됐다. 자의적 선택이었음에도 줄어드는 통장 잔액과 함께 내 마음은 작아졌다.

백수의 시간이 지나 다시 돈을 벌게 됐다. 많은 돈을 벌지는 못하지만 좋아하는 일을 한다. 5천만 원은 여전히 꿈의 숫자다. 하지만 먹고 싶은 걸 사 먹을 수 있는 행복으로 충분한 삶을 산다. 사실 5천만 원은커녕 천만 원만 있어도 조금은 든든하겠다 싶은 마음이다. 하지만 혼자서도 탕수육 중짜리를 시켜서 먹을 수 있고, 고마운 이들에게 커피 한잔 선물로 보낼 수 있는 삶이다. 친구들 통장에 비하면 가장 가난한 통장이지만 언젠가는 나도 5천만 원을 채울 수 있는 날이 오지 않을까 싶다. 강산이 얼마나 바뀌어야 할지는 모르겠지만.

〈 찌질함 레벨 2 〉

대낮에 커피숍에서
흘린 눈물

입과 코까지 목도리를 두른 추운 겨울, 카페에 갔다. 한때 자주 다녔지만 어느 순간 가지 않았던 카페, 스타벅스의 경쟁 상대로까지 불렸지만 지금은 사람들에게 잊힌 곳. 기프티콘으로 받은 아메리카노를 바닐라라테로 변경했다. 평일 낮, 테이블이 50개는 족히 넘어 보이는데 사람 수는 세 명. 조용히 구석 소파 자리에 앉아 책을 읽는다. 날씨 탓인지, 넓은 공간에 휑한 느낌 탓인지, 활자를 따라가다 자꾸 멈춘다.

'6개월 정도는 읽고 쓰면서 보낼 수 있겠지' 생각하며 겨울을 보내고 있었는데 "교정 곧 끝나면 바로 임플란트하세요."라는 말을 들은 이후 '계속 이렇게 지내도 되나? 이제 진짜 일해야 하는 거 아닌가?'라는 생각으로 머릿속이 꽉 채워졌다. '가만 보자, 지금 얼마 있지? 임플란트 한 개당 백만 원이 넘고… 휴, 이제 일해야 겠지? 읽고 쓰는 건 사치겠지?'

핸드폰에 있는 은행 앱을 실행시켜 현재 통장 잔액이 얼마나 있는지 알아보았다. 비밀번호를 입력했다. 며칠 전 확인했던 숫자가 아니었다. 잔액이 불어나 있었다. '누가 계좌번호를 잘못 입력해 돈을 보냈나? 아, 귀찮게 생겼네. 은행에다 전화를 해야 하는 건가? 경찰서에다 해야 하나?' 그러고는 입금자명을 보는데 이름이 익숙했다. 출판사에서 입금한 돈이었다. 퇴사 이후 통장에 이렇게 큰 금액이 들어온 게 처음이었다. 그것도 글을 써서 받은 돈이었다. 생각지도 못한 목돈을 만지게 돼서 좋은 것인지, 글을 써서 돈을 번 게 좋은 것인지 정확히 알 수 없었다. 눈물이 찔끔 났다. 대낮에 커피숍에서 흐르는 눈물을 감추려 애를 썼다. 휴지 네 장으로 눈물과 콧물을 닦아내고서 겨우 감췄다.

그렇게 처음으로 눈물 찔끔 흘리며 받은 돈은 흐지부지 생활비로 사용됐다. 목돈이 들어왔다고 먹고 싶은 걸 고민하지 않고 먹으면서 보냈기 때문이다. 시간이 흐르고 일생일대의 기회가 와서 언젠가는 처음 받은 인세의 10배가 되는 금액을 받게 된다 해도 눈물이 나진 않을 것 같다. 그만큼 처음 글을 써서 번 돈은, 1년 동안 버는 것보다 쓰는 것이 많았던 그 시기에 잔뜩 움츠러들어 있던 나의 마음을 편하게 해주었다. 물론 처음 받은 인세의 100배의 금액을 받게 된다면 일부러라도 울겠지. 기쁨을 표현하기 위해서. 뭐, 그런 일은 없겠지만.

이후 나는 서점에서 일하게 됐다. 그리고 글쓰기 워크숍을 하고 책을 팔아 돈을 벌었다. 그렇게 번 돈으로 임플란트를 했다. 이럴 줄 알았으면 그해 겨울에 좀 덜 불안해하며 보낼걸, 이라는 말은 못하겠다. 뭐든 지나간 일은 쉬운 법이니까.

지금도 종종 그때를 떠올린다. 그리고 그때마다 울컥한다.

원래 남의 인생은
쉬워 보이는 거야

쉬는 날, 마음이 여유로워 일찍 일어나 안방으로 갔다. 누워서 텔레비전을 보고 있던 엄마를 슬쩍 밀어내고 엄마의 온기로 따뜻해진 자리에 누웠다. 아침 일찍 나갔다가 밤늦게야 들어오는 무뚝뚝한 딸이 반가웠는지 엄마는 쉼 없이 근황을 이야기하기 시작했다. 어제 막내 외숙모와 전화 통화를 했단다. 핵심만 간략하게 말해줬으면 좋았을 텐데 1부터 10까지 1도 빠뜨리지 않고 모두 말했다.

막내삼촌과 외숙모가 결혼 전 집에 놀러 왔던 게 생각났다. 잘 어울리는 한 쌍이었다. 이후 아기를 낳아 단란한 가정을 꾸리고 살았다. 하지만 어느 순간부터 명절에도, 집안의 행사에도 외숙모는 보이지 않았다. 둘의 사이가 삐걱거리기 시작한 것이었다.

10년 가까운 기간 동안 만나지도 통화도 하지 못했던 엄마와 외숙모. 서로 바뀐 전화번호도 모른 채 지냈다. 그런데 전화를 한 것이다. 삼촌이 갑자기 쓰러졌다. 놀란 외숙모는 삼촌 핸드폰 번호에 있는 '누나' 번호를 찾아 전화를 걸었다. 다행히 큰 문제는 아니었다. 외숙모는 엄마에게 삼촌의 소식을 전하며 삶의 고단함을 토해내기 시작했다. "저 너무 힘들어요. 애들 아빠가 애들한테도 너무 차가워요. 애들도 아빠를 싫어해요. 학교 생활도 잘 못하고… 형님만큼만 살았으면 소원이 없겠어요. 형님이 너무 부러워요." 엄마는 막내 외숙모의 이야기를 들어주고는 본인의 삶도 결코 쉽지 않았다며 막내 외숙모를 달랬다.

외숙모의 이야기를 전한 엄마는 엄마의 이야기를 시작했다. "딸, 엄마도 며느리로, 딸로 살아오면서 너무 힘들었어. 다른 친척들이나 엄마 친구들 삶과 비교해보면 엄마처럼 고생한 사람 없어." 사실 이건 엄마의 고정 레퍼토리다. 127번 정도 들었기에 나는 크게 귀담아듣지 않았다.

그래도 나는 엄마의 말을 중간에 끊지 않았다. 이제는 외울 수도 있는 엄마의 말을 다 듣고 나서 내가 말했다.

"엄마, 원래 모든 사람이 다 그래. 내 인생만 힘들고, 남의 인생은 쉬워 보이는 거야."

엄마는 "하기야 그렇지."라고 말했다. 그러고는 "근데 언제 시집 갈 거냐?"라는 맥락에 어긋나는 말을 했다. 나는 엄마에게 말했다.

"엄마, 원래 기혼 여성은 결혼이 쉬워 보이는 거야."

나는 속으로 덧붙였다.

'엄마, 그리고 맨날 내가 엄마를 가르치려 하지만 사실 나도 똑같아.'

서른일곱 책방 사장님이 열아홉 고등학생에게도, 서른일곱 손님에게도 늘 하는 말이 있다. "뭐든 꾸준히 하세요. 그리고 그걸 내보이세요." '아, 뭐야. 왜 손님들한테 잔소리야?' 이렇게 생각하곤 했다. 그러다 어느 날, 사장님이 손님들만 바꿔가며 복사 붙여넣기를 하는 말이 그냥 하는 잔소리가 아님을 알게 되었다. 한산한 토요일 오후 책방에서 사장님의 이야기를 듣고 난 후에 말이다.

체대를 다녔던 사장님은 '나는 회사랑 맞지 않아. 회사에서 날 뽑아줄 리도 없고'라는 생각에 회사를 다닐 생각은 해본 적도 없었다고 한다. 이후에는 외국에서 잠시 지냈고, 한국에 들어와서 코

엑스에 커피숍을 차렸다. 그 시절 아침에 일어나 출근해서 종일 커피를 뽑고, 퇴근해서는 바로 잤다. 밖에 비가 오는지, 계절이 어떻게 변하는지도 모르고 눈뜨면 일만 하던 시절, 꽤 많은 돈을 모았다고 한다. 통장에 돈은 제법 쌓였지만 '아무리 돈이 좋아도 이렇게 사는 건 안 되겠다' 싶었던 사장님은 카페를 접었다. 그러고는 그간 놀지 못한 한을 놀면서 풀었다. 그리고 한 번도 와본 적 없는 부천에 다시 책방을 겸하는 카페를 차렸다. 그러면서 메뉴판을 만드는 것부터 행사&워크숍을 진행하는 데 디자인이 필요함을 깨달았다. 행사 하나를 홍보하더라도, 카페 메뉴판을 만들더라도 포토샵, 일러스트 등의 디자인툴을 익혀야 했다. 하지만 사장님은 당시 포토샵의 'ㅍ' 자도 몰랐다. 그도 그럴 것이 학교를 다닐 때는 운동을 했고, 이후에는 중국, 태국, 싱가포르에서 살았다. 포토샵의 기술 따위는 전혀 필요하지 않은 삶이었다. 뒤늦게 디자인의 필요성을 느낀 사장님은 바로 실천에 옮겼다. 워크숍을 연 것이다. 돈을 벌기 위함이 아니라 본인이 배우기 위해서. 4주의 수업을 마치고 척척 툴을 다루는 이들 틈에서 헤매긴 했지만, 노력하다보니 어느새 제법 늘긴 했다. 그렇게 포토샵과 일러스트를 배우고 인디자인까지 배운 사장님은 마우스 없이도 포스터를 턱 만

　　　　　　　　　　　　　〔 찌질함 레벨 2 〕─────

들어내고, 심지어 책의 표지와 편집까지 디자인할 수 있을 정도가 되었다.

그간의 이야기를 몰랐던 나는 그냥 사장님은 원래부터 잘하는 줄로만 알고 있었다. 남들보다 배움의 속도는 느리지만 꾸준히 하다 보니 남들만큼, 혹은 남들보다 잘하게 됐다고 말하는 사람. '아, 그렇지, 누구나 처음부터 잘할 수는 없어. 꾸준히 하다보면 잘하게 되는 것이지.' 새삼 깨달았다. 이후 사장님이 달리 보였다. 사장님이 하는 말을 흘려듣지 말아야지 싶었다.

얼마 후, 책방을 좀 더 키우기 위해 뭘 해야 할까 고민하던 중 나는 제안을 했다.

> "사장님, 매일 블로그에 책 리뷰를 쓰고, 책방 일기도 쓰세요."
> "오, 맞아요. 매일 꾸준히 하다보면 많은 분이 찾아주실 거야."

사장님은 그날 바로 책 리뷰 1편과 300자 이내의 일기를 인스타그램에 올렸다.

하지만 그날 이후. 1일 1리뷰, 1일 1일기는 볼 수 없었다.

"사장님, 손님들한테는 꾸준히 하라면서 왜 본인은 꾸준히 안 해요?"

"아, 나는 재미없으면 꾸준히 안 해요."

나는 재미없으면 꾸준히 안 한다는 사장님을 대신해 책방 일기를 매일 꾸준히 올리고 있다. 이제는 내가 손님들에게 말한다. "꾸준히 하세요, 뭐든. 꾸준히 하다보면 늘어요. 분명 늘어요. 사장님도 했는데 여러분이 못할 게 뭐가 있나요. 꾸준히 해요. 결과물을 내보이시고요."

(찌질함 레벨 2)

먹고 자기만
하는 삶

지하철 안, 풀리지 않는 만성피로. 손에는 세상이 어떻게 돌아가야 하는지 알아야겠다며 기를 쓰고 읽으려는 주간지가 쥐여 있다. 그러나 자꾸 감기는 눈에 정신을 못 차리는 중이다.

'그 어떤 신기한 물건을 판매하러 와도 나의 눈이 번쩍 뜨이진 않을 거야. 내가 좋아하는 배우 박정민이 와서 물건을 팔면 또 모를까.' 이런 생각을 하면서 꾸벅꾸벅 졸고 있는데 큰 소리가 들린다. 단호하고, 결의에 차 있는 60대 남성의 목소리. "하나님을 믿으세요!" 많이 듣던 말이다. 개의치 않고 눈을 감고 있는데 뒤이어 들리는 말에 잠이 확 깼다.

"동물처럼 먹고 자기만 하면서 살 건가요? 하나님 믿으세요!"

'세상에, 동물은 먹고 자기만 하면서 사는 건가? 그럼 나보다 행복한 거 아냐? 잠깐, 그런데 정말 먹고 자기만 하는 동물이 행복할까?'

인간이 배를 채우기 위한 목적으로 동물을 가두어두고 먹이고 재우기만 한다. 동물이라고 왜 뛰어놀고 싶지 않을까? 그러니까 먹고 자기만 하는 동물도 나보다 행복하다고 말할 수는 없다.

'근데, 먹고 자기만 하면서 살면 안 되는 건가?'
'먹고 자는 삶이 얼마나 힘든데…'
'자고 싶을 때까지 자는 삶을 사는 사람이 얼마나 될까?'
'매 끼니 챙겨 먹고살기도 힘든데…'

'할아버지 잠시만요. 저는 먹고 자는 삶을 꿈꾸는데 잘못된 건가요? 제대로 먹지도, 그렇다고 푹 잠도 못 자거든요. 자고 싶을 때 자고 일어나고 싶을 때 일어나고, 먹고 싶은 거 다 먹으면서 살고

〔 찌질함 레벨 2 〕

싶어요. 현실은 자다 말고 일어나서 하루를 보내야 하고, 이따금 바빠서 굶을 때도 있는데요. 전 어쩌죠, 할아버지?'

50대 후반인 엄마, 아빠도 늘 잠이 부족하고 끼니를 잘 못 챙겨 드신다. 먹고 자는 건 늘 밥벌이에 밀린다. 인간으로 태어난 이상 이번 생은 그렇게 살아야 할 듯하다. 한편, 먹고 자기만 하는 동물들의 삶에는 자유가 없다. 얼마 안 되는 공간에 갇혀 있는 동물들은 결국 제 수명을 다 채우지 못하고 인간에 의해 도축된다.

먹고 자기만 하는 삶을 꿈꾸지만 늘 쉽지 않다. 동물도, 인간도 무엇을 믿어야 행복하게 살 수 있을까?

혼자
살아야지

'25~29세 여성 미혼 비율 77%'라는 기사 제목을 봤다. 77% 안에는 나도 속한다. 20대 초반만 해도 77%가 아닌 23%에 속할 줄 알았다. 상상과 현실의 틈이 이렇게 큰 줄 몰랐다. 때가 되면 할 것이라 생각했던 결혼의 '때'는 오지 않고 연애마저 힘들다.

'괜찮다' 싶은 사람은 이미 애인이 있거나 결혼을 했다. 똑같은 눈과 코와 귀를 가졌음에도 매번 왜 나만 한 박자씩 늦는 걸까? 경쟁하고 싶지 않지만, 경쟁자는 점점 많아지고 선택의 폭은 좁아지고 있다.

(찌질함 레벨 2)

"남들 멀쩡히 다 연애하고 결혼도 잘만 하던데, 너는 왜 연애 안 해? 결혼 안 할 거야?" 이런 질문을 받을 때마다 괜히 작아진다. 그 물음에 깔린 '무슨 문제 있니?'라는 느낌 때문이다. 마치 당연히 '사람은 밥을 먹어야지'라는 명제처럼 다가오니 작아질 수밖에 없다.

그렇게 나는 자의적, 타의적 비혼주의자가 되어가고 있다.

얼마
모았니?

명절을 두려워한다는 미혼 여성들의 마음에 공감하지 못했다. 그렇다. 난 어렸었고, 결혼하라는 잔소리는 나와는 먼 이야기라 생각했다. 일찍 결혼할 줄 알았으니까.

새해가 밝았다. 차례를 지내고 과일을 먹는 중 큰엄마의 입에서 "얼마 모았니?"라는 말이 나오고야 말았다. "너도 이제 결혼해야지."라는 말과 함께. '이 세상에 나밖에 모르는 나의 통장 잔액을 궁금해하는 사람이 있다니…' 혹시 큰엄마가 나의 통장을 채워주시려는 생각인가 싶어 솔직하게 말하려던 찰나, 바로 옆에서 조용히 나의 대답을 기다리는 엄마, 아빠가 눈에 들어왔다. '야, 너 그거밖에 못 모았어?'라고 할까봐 "아! 전 아직 결혼 생각 없어요." 라고 얼버무렸다. (솔직히 말했다가는 하마터면 집에서 쫓겨날 뻔했다.)

그리고 생각했다. 만약 결혼을 열 번쯤 하고도 남을 만큼 통장 잔액이 넉넉했더라면 나는 '얼마 모았니?'라는 질문을 즐겼겠지? 하지만 내 통장에 있는 돈으로는 겨우 한 번 결혼을 할 수 있을까 말까다. 사실 결혼은 둘째 치고 결혼 이야기를 나눌 애인도 없고, 통장 잔액은 줄어만 간다. 마음이 괜히 뾰족해졌다. 뒤늦게 '잠깐, 저 무례한 질문은 뭔데?'라는 생각에 이르렀다.

큰집을 나와 집으로 가는 차 안에서 창문을 슬쩍 내렸다. 꽉 막힌 도로를 보며 '노후 준비는 하셨나요? 대출은 다 갚으셨어요?'라는 질문이 머릿속에 맴돌았다. 이런 질문들은 꼭 뒤늦게 생각이 난다. 뭐, 바로 생각났어도 내뱉지는 못했을 테지만. 내뱉은 사람은 기억도 못 할 텐데 괜히 혼자 매번 씩씩거리면서, 그래도 언제 이어질지 모르는 결혼 공격과 통장 공격에 대비할 말을 준비해뒀으니 됐다, 라고 생각하며 나를 위로했다.

그러니 잘 살아요,
우리

질투가 많은 사람이긴 하다. 그래도 지금까지의 질투 대상은 말을 한 번이라도 나눈 이들이었는데, 그것이 이제는 한 번도 본 적 없는 이를 질투하기에 이르렀다. 그러니까 그 사람은 나를 모를 텐데 나 혼자 질투를 하고 있다는 거다. 그 사람의 SNS를 하나하나 챙겨보며 그에 비해 더딘 나를 자꾸 책망했다. 그러다 들려온 그의 기쁜 소식에 결국 언팔을 했다. 질투를 도저히 제어할 수 없었기 때문이다. '저 사람도 누군가와 자신을 비교하고 있겠지? 안 힘든 사람은 없어. 저마다 삶의 속도는 다른데?' 하면서도.

비단 그 사람뿐일까? SNS 속 사람들은 내가 서울에 가는 것보다

(찌질함 레벨 2) ⎯⎯⎯⎯

더 자주 해외여행을 다니고 있는 것 같다. 저마다 좋은 집에, 비싼 차에, 든든한 남자친구에, 나아가 아이까지. 모두가 그렇게 완벽한 삶을 사는 것 같다. 근데 왜 나는 아직도 엄마, 아빠 집에 얹혀 사는 것이며 도대체 작년부터 온다는 인생의 반려자는 왜 안 오는 걸까? 나는 차는커녕 왜 갖고 싶은 롤러블레이드도 선뜻 사지 못하는 걸까? 이런 찌질한 생각을 하고 있지만 누군가는 이런 나의 SNS상의 모습만 보고서 나와 비교하며 자신을 괴롭히기도 하겠지.

권력을 가진 이도, 재력을 가진 이도, 누구나 다 저마다의 삶의 무게는 있다. 그러니 잘 살아야 한다. 잘 살고 있는 거다. 사는 거 다 똑같다. 뭐든 타인의 삶이 더 달콤해 보이고 쉬워 보이는 거다. 내가 질투하고 있던 그 사람도 누군가를 질투하고 있을 터이니.

아, 그럼에도 불구하고 질투는 멈출 수가 없다. 말은 이렇게 해놓고도 질투는 계속되고 언팔도 계속된다.

그러다
지쳐요

넘쳐나는 시간이 버거워졌다. 규칙적인 삶을 그리워하던 중에 책방 직원이 됐다. 의욕이 넘쳐 두 시간 일찍 출근했다. 셔터를 열고 2층 카페 문을 연다. 출근해서 전날 쌓인 컵을 씻는다. 수세미에 주방세제를 묻혀 거품을 뽀얗게 내면서 설거지를 마친다. 커피머신을 청소한다. 커피를 뽑다 기계에 떨어진 커피 찌꺼기를 닦아내고, 커피 자국을 닦아낸다. 한숨을 돌리고는 청소기를 돌린다. 쓸 때마다 감탄하는 다이슨 청소기는 밤새 충전을 해도 고작 20분 사용할 수 있다. 후다닥 바닥을 돌리고 솔을 갈아 끼워 테이블 위 먼지도 빨아들여야 한다. 걸레질이 남았다. 가장 힘든 일이다. 걸레 청소기는 너무 무겁다. 그래서 청소기는 치워두고 걸

(찌질함 레벨 2)

레만 쥔 채 신데렐라처럼 쭈그려서 바닥청소를 할 때가 많다. 여기까지 끝내면 땀이 난다. 볕이 좋으니 서둘러 걸레를 빨아서 옥상에 널어둔다. 이제는 휴지통을 비워야 한다. 서점이다보니 책을 받고, 보내는 택배가 많아서 은근히 쓰레기가 많이 나온다. 부지런히 2층과 3층을 돌아다니면서 휴지통을 비워내고는 한숨 돌리며 자리에 앉는다. 이제 커피 한잔하면서 노트북을 두드리며 일할 것 같지만 턱도 없다. 전날 들어온 책 주문을 확인하고 책을 포장한다. 함께 보낼 카드도 작성한다. 여기까지 일을 마치면 사장님이 출근한다. 그리고 묻는다.

"도대체 몇 시에 오면 이렇게 다 준비가 되어 있는 거예요?"
"두 시간 일찍 와서 일하면 돼요."
"너무 열심히 하지 말아요. 그럼 금방 지쳐요."

내가 좀 더 많은 시간을 쓰면, 좀 더 부지런해지면 더 많은 일을 할 수 있을 거라고 생각했고, 실제로 그랬다. 하지만 그렇게 일찍 출근하고, 늦게 퇴근하면서 3개월을 보내고 결국 지쳤다. 청소도, 책을 배송할 때 쓰던 손편지도, 모든 것들이 버거워졌다. 몸을 움직일 때마다 "아, 힘들어."를 내뱉었다. 설상가상으로 여름의 더위와 외부 일정이 더해져 나는 점점 웃음을 잃어갔다. 감춘다고 했지만 티가 났는지 사장님이 말을 건넸다.

> "지치지 않고 계속하려면 무리하면 안 돼요. 너무 열심히 하면 지쳐요. 지금 김경희가 지친 것처럼. 설렁설렁 하세요, 저처럼. 너무 열심히 하지 마세요. 70%만 일해요. 너무 최선을 다하지 말아요."

"사장님 제발 일찍 오세요. 딴짓하지 말고 일하세요. 열심히 하세요."라고 잔소리를 했던 내가 먼저 지치고야 만 것이다. 잘하고자 하는 마음이 앞섰던 나는 지쳤다. 열심히 하는 것만이 능사가 아니었다.

〔 찌질함 레벨 2 〕

지치지 않고 계속하려면 무리하면 안 돼요.
70%만 일해요. 너무 최선을 다하지 말아요.

동생의
위로

집에서는 아무것도 안 써져서 가방을 챙겨 집 앞 커피숍에 가려고 신발을 신는데 동생이 말을 건다.

"언니, 어디가?"

"카페, 왜?"

"내가 카페까지 데려다줄 테니까 커피 사줘."

"알았어."

동생은 언니가 사는 거라면 뭐든지 좋다며 커피숍에 따라왔다. 그리고 계산하려는데 말한다.

(찌질함 레벨 2)

"언니, 나 케이크도."

"그래, 사."

양심은 있는지 진동벨이 울리자 벌떡 일어나 음료와 케이크를 가
져온다. 그러더니 바로 옆에 앉는다.

"야, 마주 보고 앉아. 왜 옆에 앉아?"

"여기가 시원해."

나란히 앉아서 각자 핸드폰을 만지고 책을 보고 있는데 동생이
핸드폰을 내민다.

"언니, 나 이번 주에 여기 가려고."

결혼박람회다. 결혼박람회라니.

"야, 네가 왜 이런 데를 가?"

"나 내년에 결혼하니까."

작년부터 예식장을 알아보면서 스물여덟에는 결혼하겠다고 했지만 설마설마했다. 결혼해도 이상할 나이는 아니지만, 나한테는 아직 아기 같은데. 그 아기가 벌써 결혼을 한다니.

"야, 너 너무 빠른 거 아냐? 요즘 누가 20대에 결혼을 해?"

하지만 이미 동생은 마음을 굳힌 듯했다. 엄마, 아빠도 은근히 동생의 결혼을 바라고 있었다.

"상견례는 3월에 할 건데, 언니는 안 와도 돼. 요즘엔 가족 전부가 다 모이진 않는대. 결혼식은 대전에서 할 거니까 언니도 전날 와서 근처에서 자야 해. 그리고 당일에는 종일 내 옆에 붙어서 나 도와주고."

동생은 쉼 없이 떠들더니 갑자기 말을 멈추고 말한다.

"그리고 언니, 나 먼저 간다고 속상해할 거 없어. 내가 언니 도와주는 거야. 우리 집에서 한 명이라도 먼저 가면 엄마, 아빠도 셋 중에 하나는 보냈다 싶어서 마음이 조금 편할 거야. 친척들도 그렇게 생각할 거고."

(찌질함 레벨 2)

징그럽게 싸웠던 두 살 터울 동생. 지금도 팔뚝에는 서로 머리채 잡고 싸우다 손톱으로 찍은 상처가 남아 있지만, 지금은 그 누구보다 소중한 존재다. 언제 이렇게 커서, 결혼을 준비한 건지… 남겨진 언니를 위로까지 하고 있다. 고마워, 동생. 하지만 네 결혼이 날 도와주는 건지는 아직 잘 모르겠다. 내가 네 결혼식에서 듣게 될 말은 아마 "언니는 뭐하고 동생이 먼저 간대?" "넌 남자친구도 없어?" "넌 결혼 안 해?"일 거야.

여하튼, 위로는 고마워. 위로는 안 되지만.

아빠의
진심

"아빠, 생일 선물 뭐 사줄까?" 물으면 아빠의 대답은 매년 똑같았다. "필요한 거 없어. 백만 원 줄 거 아니면 아무것도 사지마." 백만 원을 줄 수 없는 걸 알고는 매년 갖고 싶은 게 없다고 말했던 아빠였다. 나와 두 살 터울의 동생의 학비를 꼬박 4년 동안 내준 아빠는 늘 갖고 싶은 게 없었다. 아빠의 시간과 땀으로 커온 내가 돈을 벌기 시작했다. 첫 월급을 타고 할머니, 엄마, 아빠에게 각각 용돈을 드렸는데, 아빠는 그 용돈마저 엄마한테 줬다. 사실은 엄마가 눈앞에 보이는 현금에 눈이 멀어 "자기야, 이거 내가 가질게."라고 말하며 바로 채갔고 아빠는 허허 웃으며 아무 말도 하지 않았다.

(찌질함 레벨 2)

학비로 아빠의 등골을 휘게 했던 두 딸이 어엿한 사회인으로 밥벌이를 하게 되었다. 이번에는 "아빠, 생일 선물 뭐 사줄까?"라는 말에 아빠는 '자전거'라고 대답했다. 나와 동생이 "옆 아파트에 삼천리 대리점 있더라. 가서 보고 사자."라고 말하고 있는데 아빠가 끼어든다. "그, 가벼운 거 있다던데, 백만 원인가 2백만 원인가 한다는데 그걸로 사줘. 누가 그거 타고 다니는데 좋아 보이더라." 순간 당황한 나와 동생은 "무슨 자전거를 백만 원 넘게 주고 사? 아빠 옷 없는 것 같으니까 옷 사줄게."라며 말을 돌렸다. 다 큰 지금까지 손 벌리고 살아가는 주제에 백만 원이라는 돈 앞에서 한없이 작아졌다. 결국, 아빠 생일 선물로 자전거 대신 옷을 선물했다. 백만 원이 통장에 있었음에도 선뜻 자전거를 사지 못했다. 아니, 사지 않았다.

할아버지라고 불려도 이상할 나이가 아닌 아빠는 지나가는 말로 "차 한 대 사줘."라고 말한다. 딸들에게 뭔가를 받을 생각이 없었던 아빠는 시간이 흐를수록 원하는 것을 말한다. 그 속에 진심이 꽤 묻어나는 것 같다.

나는 내가 버는 돈을 온통 나를 위해서만 쓰는데 아빠는 아빠가 버는 돈을 온통 가족을 위해 쓴다. '그래, 차 한 대 사줄게. 주말에 차 보러 가자'라고 시원하게 말하고 싶지만, 차는커녕 백만 원짜리 자전거도 사드리지 못해 화제를 돌리는 딸. 다른 딸들처럼 번듯하게 살면서 돈으로 효도하고 싶지만, 제 몸 하나 겨우 책임지는 딸인 게 이따금 미안하다.

아빠의 생일이 다가온다.
아빠는 뭘 갖고 싶다고 말할까?
올해도 나는 뭐라고 말을 돌릴까?

저마다의
무게

중학교 때 알고 지내던 친구를 커피숍에서 만났다. 정확히 말하면 나만 그 친구를 봤고 그 친구는 나를 보지 못했다. 친구는 유모차를 끌고 왔으며 칭얼거리는 아이를 돌보느라 나를 볼 수 없었다. 교복을 입고 'OO가 OO랑 사귄대'라며 한창 떠들어댔던 때부터 곱절의 시간이 흘렀고, 그녀는 결혼을 했고 한 아이의 엄마가 됐다.

아이 엄마라고는 믿기지 않을 만큼 여전히 늘씬한 몸매였다. 육아를 하며 찌든 생활은 전혀 느껴지지 않았다. 긴 속눈썹과 잘 관리된 손톱이 보였다. 친구의 아이가 내 옆에 있었더라면 내가 아이 엄마처럼 보이고, 그 친구는 미혼처럼 보였을 것이다. 동네 커피숍이라고 선크림 하나 달랑 바르고 나온 내가 괜히 초라해 보였다. 혹여 눈이라도 마주칠까 슬쩍슬쩍 친구를 엿봤다. 커피숍에서 봐왔던 아이 엄마들의 모습과는 전혀 달랐다. 문득 그 친구의 삶이 궁금해졌다. 어렵지 않게 친구의 SNS를 찾을 수 있었다.

SNS 계정에 올라온 사진과 짤막한 글만으로도 친구의 삶을 알 수 있었다. 친구의 남편은 돈을 꽤 잘 버는 듯 '서프라이즈'라며 친구에게 차를 선물하고, 각종 숍의 회원권을 끊어주었다. 나에게 일어나는 서프라이즈라고는 자고 나면 하나둘씩 개수를 늘려가는 뾰루지뿐인데 말이다. 나와는 다른 느낌의 서프라이즈를 받는 친구는 '남편 최고', '남편 고마워'라는 말을 빼놓지 않았다. 나는 친구의 SNS를 엿보며 혼잣말로 '부럽네'를 빼놓지 않았다.

똑같은 교복을 입고, 비슷한 대화를 나누던 우리는 여전히 한동네에 살지만 다른 환경에 살고 있었다. 서프라이즈로 선물 받은 외제차를 타고 다니는 친구, 지하철을 타고 다니는 나. 매일 네일숍, 피부관리숍을 다니는 친구, 매일 네일숍, 피부관리숍을 다니고 싶

(찌질함 레벨 2) ────

어 하는 나. 남편과 아이가 있는 친구, 혼자인 나.

그 이후로도 몇 번 더 같은 커피숍에서 친구를 봤다. 그 친구를 볼 때마다 나는 다른 친구에게 연락을 했다. "쟤는 얼마나 행복할까? 얼마나 인생이 즐거울까?"

그렇게 매일 친구의 삶을 엿보다시피 하며 부러워하고 있던 어느 날. 여느 때처럼 친구의 SNS를 엿보는데 올라온 글을 보다가 멈칫했다.

'혼자만의 시간이 필요하다. 힘들다. 우울하다.'

아차 싶었다. 마냥 부러워했던 친구의 삶에도 무게는 있었다. 혼자 육아를 해야 하는 상황. 경제적으로 여유는 있지만, 미혼인 친구들 틈에서 느꼈을 외로움. 나는 어리광을 부리는 엄마가 있지만, 어리광을 부리는 갓난아이를 키우는 친구의 상황. 드러나지 않았던 친구의 힘든 모습은 모른 채 나는 그저 그녀를 부러워만 하고 있었다.

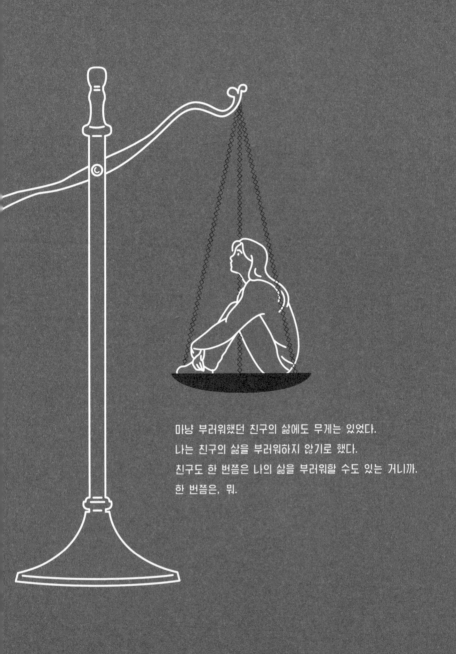

마냥 부러워했던 친구의 삶에도 무게는 있었다.
나는 친구의 삶을 부러워하지 않기로 했다.
친구도 한 번쯤은 나의 삶을 부러워할 수도 있는 거니까.
한 번쯤은, 뭐.

내가 갖지 못한 것을 친구는 갖고 있다. 남편, 아이, 비싼 차, 회원권… 반면 친구가 갖지 못한 걸 나는 갖고 있다. 자유, 시간, 음… 또 명절 연휴… 나는 친구의 삶을 부러워하지 않기로 했다. 친구도 한 번쯤은 나의 삶을 부러워할 수도 있는 거니까. 뭐, 한 번쯤은 미혼의 자유가 부럽긴 할 거다. 평소에는 내가 친구를 더 부러워하겠지만… 한 번쯤은, 뭐.

그나저나 친구의 남편은 연하였다.

여자

할머니

꽃다발을 선물 받았다. 책상 위에 올려놓고 잊고 있었다. 물을 채워줘야 하는 꽃이 아니었기에 며칠을 그렇게 두었다. 할머니가 오랜만에 내 방에 들어왔다가 꽃을 봤다. "누가 이렇게 비싼 꽃을 줬대? 너무 예쁘다." 할머니는 연신 꽃을 살폈다. "할머니 가질래?" 물었다. 할머니는 "내가 가져도 돼?"라고 말했고 나는 "응, 할머니네 가져가서 매일 봐."라고 대답했다. 할머니는 내 방에서 꽃 한 다발을 품은 채 거실로 나가 연신 꽃이 예쁘다며 구경했다.

할머니도 꽃을 좋아하는 여자였다. 할머니는 할머니라고만 생각했지, 할머니도 예쁜 걸 보면 좋아하는, 꽃 선물을 받으면 좋아하는 여자라는 걸 왜 몰랐을까? 어버이날에도 "꽃 안 사도 돼. 돈 아까워. 할머니 꽃 안 좋아해."라는 말만 믿고 멋없게 돈 봉투만 드렸다. 생각해보니 어릴 적 카네이션을 드리면 며칠을 물을 갈아주며 방의 가장 눈에 잘 띄는 곳에 두고 계속 바라보셨었다. "곱네, 고와." 하며 바라보셨던, 어렸을 때 날 키우며 바라봤을 듯한 모습으로 말이다.

'할머니한테 꽃 선물을 해야겠다' 생각하고 아직도 꽃 선물을 못했다. 사실 남자에게 꽃 받을 일이 생기지 않을까 싶어서 기다렸다. 꽃 받을 일은 역시 없었다. 아마 당분간도 쭉 없을 것 같다. '이번 달엔 꼭 할머니에게 꽃을 선물해야지' 마음을 먹었다.

퇴근길, 역 근처 꽃집에 들렀다. 노란 프리지아를 한 다발 샀다. 그리고 할머니 집에 들러 건넸다.

"할머니, 선물!"
"아우, 이쁘네! 이뻐. 그런데 무슨 돈이 있다고 꽃을 사. 꽃은 금방 시드는데, 그냥 용돈으로 줘."

할머니도 여자 이전에 사람이라는 걸 왜 몰랐을까?

꽃 선물도 돈과 함께할 때 좋은 거였다.

꽃보단 현금.

여자이기 전에 사람.

"어차피 해야 하는 거, 빨리 끝내고 쉬는 게 낫지 않아?"

마감이 얼마 남지 않은 원고와 워크숍 준비까지, 해야 할 일이 많다. 피곤하다고, 아무것도 하기 싫다고 말했더니 친구가 내게 해준 말이다. 사실 이 말은 내가 주말에 카페에서 아르바이트하는 D에게도 자주 하는 말이다. 해야 할 일을 적어주고 이따금 확인하러 가면 1/3만 해놓고서 핸드폰을 만지고 있는 D에게 말한다.

"누나가 시킨 거 다 끝내놓고 쉬는 게 더 편하지 않아?"

하지만 정작 해야 할 일을 빨리 끝내지 않고 있는 건 나였다. 말과 행동이 다른 사람. 주말마다 D에게 그렇게 말해놓고 정작 나야말로 할일을 미루고 쉬고 있는 사람인 것이다.

30분 동안 팩을 했다. 이후 거실로 자리를 옮겨 텔레비전을 봤다. 101명으로 시작한 연습생 중 데뷔의 꿈을 이룬 11명의 청년을 보며 웃었다. 새벽 12시 50분이 지나서야 방송은 끝났다. 다음 주 예고편이 나올 때까지 두 시간 동안을 아무 생각 없이 쉬었다. 그래서 후회했느냐고? 전혀. 해야 하는 모든 일을 잠시 잊었다. 빡빡한 일상에 틈을 주었다. 힘이 됐다.

그런데도 주말에 D를 만나 "야, 다 해놓고 쉬어."라고 말했다. 스스로에게는 틈을 주고 힘이 됐다 말하면서 타인에게는 빡빡했다. 아차, 싶었다. 다시 말했다. "그래, 쉬면서 해, 퇴근 전까지만 다 하면 되지 뭐, 틈틈이 쉬면서 해."

〔 찌질함 레벨 2 〕

돈 앞에서
하는 고민

지하철에서 하는 일 없이 핸드폰을 만지작거리고 있는데 카톡이 온다. 모바일 청첩장이다. 한숨을 내쉬었다.

'나한테도 보내? 서로 결혼식 갈 사이는 아니지 않나. 돈 보내야 하나? 아! 얼마를 보내지? 내 결혼식엔 초대 안 할 건데. 청첩장 받았는데 모른 척할 수도 없고…'

난처했다. 일생에 한 번뿐인, 당사자들에게는 뜻깊은 축복의 날이 타인에게는 꽤 부담스러운 날이 된다. 결혼식이라는 게 당사자 못지않게 청첩장 받은 하객들도 신경 쓸 게 많다.

입고 갈 옷을 신경 써야 한다. 마땅한 옷이 없으면 새로 사야 하는데, 여간 귀찮은 일이 아니다. 자주 입지도 않을 옷에 돈을 쓰고, 그 옷을 사기 위해 '하객룩'을 검색해가며 많은 시간을 쓴다. 입어 보고 사려면 이동시간과 더불어 옷을 고르고, 입어보고, 고민하는 시간까지 추가된다. 옷이 해결되면 어울리는 신발이 있는지 확인해야 한다. 없으면 신발까지 함께 장만해야 한다. 결혼식을 가기도 전에 옷을 사고, 신발을 사느라 생각지도 못했던 지출이 발생한다.

결혼식 당일, 한껏 꾸미며 준비하고 식장을 찾아간다. 예식을 본 후 밥 먹는 시간까지 꽤 많은 시간을 쓰게 된다. 친한 지인의 결혼식이라면 이 모든 과정을 큰 스트레스 없이 준비할 수 있지만 어정쩡한 사이라면 말은 달라진다. 단지 한때 잠깐 알았다는 이유로, 1년에 한 번도 연락을 안 하는 이의 결혼식을 챙기기 위해 시간과 돈을 쓰는 게 영 내키지 않는다. 건네받은 모바일 청첩장에 대답하지 못하고 있다가 친구들에게 물었다.

"돈만 보낼까? 가야 하나?"

(찌질함 레벨 2)

"야, 됐어. 가지 마."

"그래도…"

"갈 필요 없다니까."

"축의금은 5만 원이면 적당한가? 솔직히 5만 원이 적은 돈도 아니고, 아깝긴 하다."

"그 돈으로 파인애플이나 사 먹어."

"그렇지?"

모바일 청첩장에 답장을 했다.

'결혼해요? 축하해요! 그런데 OO 씨와 제가 서로 결혼식을 갈 만큼의 사이는 아닌 것 같아요. 어떤 이유로 저에게까지 청첩장을 보내셨는지 모르겠지만, 우리 1년에 한 번 안부도 전하지 않는 사이잖아요. 결혼은 축하하지만, 축하하기 위해 시간과 돈을 쓸 정도는 아닌 것 같아요. 저는 제 결혼식에 OO 씨를 부를 생각이 없거든요. 식 잘 치르고 행복하게 사세요'라고 말하고 싶었지만,

"결혼 축하해요. 그날 일이 있어서 갈 수 있을지 모르겠네요. 최대

한 갈 수 있도록 해볼게요. 준비 잘해요."라고 말했다.

그리고 그 문자는 그 사람과의 마지막 문자가 됐다. 5만 원을 쓰
지 않았고, 애매모호했던 관계가 정리됐다.

모시고
산다

할머니가 사는 집은 엄마와 아빠가 마련했다. 엄마와 아빠는 부모를 봉양하는 마지막 세대가 아닐까 싶다. 정작 엄마와 아빠는 자식들에게 봉양을 받지 못할 테니까. 엄마, 아빠에게 곧잘 말한다.

"노후 준비해. 자식 키워봤자 다 소용없어."

내 세대는 부모를 책임지지 못하는 첫 번째 세대가 될 것이다. 엄마, 아빠는 자식들이 보다 편한 삶을 누리길 바랄 것이다. 하지만 나는 엄마, 아빠만큼 사는 걸 꿈꾸겠지. 스물아홉, 서른. 한 아이의 부모가 되었던 엄마와 아빠의 나이를 지나며 느낀다.

어쩌면 나는 연애가
필요 없는 인간일지도

보고 싶은 영화가 있으면 혼자 갈 수 있는 어른이 됐다. 혼자 첫 영화 관람을 한 건 스물일곱 때였다. 남자친구와는 헤어졌고, 친구들은 저마다 회사 일로 바빴다. 그러다보니 보고 싶은 영화가 있어도 늘 놓치기 일쑤였다.

어느 날 회사에서 외부 교육 일정이 잡혔다. 이틀 동안, 교육 장소로 가서 근무시간만큼 교육을 들어야 했다. 회사 밖에 있는 건 꽤 짜릿한 일이었다. 첫날은 부지런히 필기를 했다. 배움이 빠른 나는, 굳이 다음 날까지 교육을 받을 필요가 없다고 판단했다. 일탈을 저지르기로 했다. 둘째 날, 교육을 받으러 가서 출석만 체크하

(찌질함 레벨 2)

고 땡땡이를 쳤다. 그리고 향한 곳은 영화관. 무슨 용기였는지 영화관으로 달려가 〈인사이드 아웃〉을 봤다. 영화는 내 취향이 아니었지만 당장 볼 수 있는 영화는 그것뿐이었다. 혼자 영화를 보러 왔다는 사실에 벅차 어떤 영화든 상관없었다. 처음 혼자가 힘들지, 다음부터는 생각보다 어렵지 않았다. 이후, 퇴근하고 나서 혼자서 영화를 보고 집으로 가는 일이 몇 번이고 반복됐다. 이제는 혼자 영화 보러 가는 게 익숙하다. 좋아하는 영화를 고르고, 온전히 나의 시간에 맞춘다. 굳이 먹기 싫은 팝콘을 살 필요도 없다.

나아가 혼자서 탕수육도 시켜 먹는다. 식구들과 함께 살아 혼자서 배달음식을 시킨다는 게 처음에는 어색했지만, 한집에 살면서도 어차피 저마다 바빠 다 같이 모이기는 힘들다. 그러니 먹고 싶은 게 있을 땐 그냥 혼자 시켜 먹는다. 다 먹지 못한 건 식탁에 남겨두면 식구들이 먹으니 남을 걱정을 안 해서 좋다, 는 아니고 식으면 먹으려고 남긴 건데 자꾸 먹는다.

쇼핑도 혼자 잘한다. 매장에 들어가 옷을 이리저리 대보고, 피팅룸에 들어가 갈아입고 거울을 보며 판단한다. 간혹 색상 고민이 될 때는 점원에게 물어본다. "핑크가 괜찮아요? 초록이 괜찮아요?" "고객님은 핑크가 좀 더 화사해 보여요!" 핑크색 옷을 산다.

여유가 있으면 좋아하는 책과 노트북을 들고 근처 카페에 간다. 조용히 책을 보고, 글을 쓰면서 지낸다. 그러니까 굳이 연애해야 할 필요도 못 느낀다.

간혹, 누군가는 말한다. '그래도 사랑은 해야지'라고. 노희경 작가님도 말하지 않았는가. '지금 사랑하지 않는 자 모두 유죄.' 하지만 난 무죄다. 사랑도 하고 있다. 단지 연애가 아닐 뿐. '짝사랑'도 '사랑'이니까. 이따금 친구들이 삶이 고단할 때 남자친구에게 위로를 받는 것과 똑같다. 배우 박정민의 사진을 보며 위로를 받는다. 그의 작품을 보고, 글을 읽으면서 누구보다 많은 사랑을 하며 지낸다. 어쩌면 난 연애가 필요 없는 인간일지도 모른다, 라고 생각하면서 지낸다. 그러니까 이게 이 생활이 적응돼서 그런 것인지, 합리화하고 있는 것인지는 모르겠지만, 아무튼 나는 연애하지 않고도 잘 살고 있다.

(찌질함 레벨 2)

저마다
사정이 있지

책방에 입고된 책 중 한 권을 열심히 보더니 사장님이 책을 덮고 말한다. "경희 씨, 누구에게나 사정은 있는 거예요. 유부남이 바람을 피우는 것도, 미혼의 여자가 굳이 유부남을 만나는 것도. 누구에게나 사정은 있어요." 사랑에 관한 단편 만화를 보고 나서 내린 사장님의 결론이었다. "그렇죠. 누구에게나 저마다의 사정은 있겠죠. 뭐, 그렇다고 바람 피우는 게 썩 좋은 거라는 생각은 안 들지만." 내가 대답했다.

그런 대화를 끝내고는 퇴근했다. 토요일 밤 10시, 지하철을 기다리며 앉아 있었다. 계단을 올라오는 중에 열차가 지나갔기에 10분을 기다렸다. 주말에는 열차 배차 간격이 꽤 길다. 기다리던 인천행 열차가 들어왔고, 열차에 탔다. 네 정거장을 더 가 환승역인 부평역에 다다랐다. 내리려는 찰나, 대여섯 살 아이들이 열차 안으로 뛰어든다. 바로 뒤에 아이의 엄마가 열차 안으로 들어온다. 사람이 내리기도 전에 지하철 안에 뛰어들면서 타는 아이들이 예쁘게 보일 리 없다. 그런 아이들을 제재하지 않는 아이의 엄마도 영 못마땅하다. 하지만 별수 있나. 문이 열리고 닫히는 시간이 30초도 안 되니 어쩔 수 없다고 속으로 삭히는 거지. 그런데 그날은 달랐다. 불과 30분 전 사장님이 뱉은 말이 생각났다. "경희 씨, 누구에게나 저마다의 사정이 있어요." 마치 사장님의 말이 부처님, 하느님의 말씀처럼 귀에 맴돌았다. "그래. 저 아이들에게도 사정이 있겠지… 종일 걸어다녀서 자리에 앉고 싶었을 거야. 아님 유치원에서 지하철 예절을 아직 배우지 않았을지도… 그래, 저 아이의 엄마도 마찬가지겠지. 육아에 지쳐 아이들에게 잔소리할 힘이 없었던 거겠지. 그래, 그래. 토요일 늦은 밤이니까…' 나는 생각했다.

다음 날, 오랜만에 친구와 만나기로 했다. 예전에는 매주 일요일

마다 만나 밥을 먹고 카페에서 각자 책을 보면서 시간을 보냈지만 친구에게 남자친구가 생기면서 일요일 만남은 자연스레 파투가 났다. 이번에는 오랜만에 만나 일요일을 보내기로 한 거였다. 약속시간 한 시간 전 친구의 문자가 왔다.

> "미안, 나 오늘 안 될 것 같아. 남자친구가 갑자기 동네로 왔어."
> "뭐라고?"
> "미안. 어쩔 수가 없네. 사실 어제 싸웠는데, 화해하자고 와서…"
> 양해도 아닌 통보다. 욱해서 친구에게 전화를 걸어 욕을 잔뜩 했다.
> "야! 이 지지배야! 너 친구 버리고 얼마나 잘 만나나 보자. 에라이, 나쁜 지지배!"

실컷 욕했지만 '그래, 한창 좋을 때니까. 연애 초반이니까. 그럴 수 있는 상황이야…' 생각했다.

그렇다.
누구에게나 사정은 있다.
누구에게나 사정은 있겠지?

그럼 내 사정은?

피곤한 몸을 이끌고 열차에서 내리려는데 대뜸 뛰어드는 아이들을 피해야 하는 내 사정은?

씻고, 옷까지 입고 나갈 준비를 끝냈는데 갑자기 취소된 약속을 받아들여야 하는 내 사정은?

'사장님 전 글렀어요. 누구에게나 사정은 있겠지만, 전 그냥 제 사정만 생각할래요.'

"요즈음 어떻게 지내?" 묻는 이들에게 "원고 쓰고 있어요. 마감이 코앞이라 바빠요."라고 말한다. 마감은 코앞이긴 하지만 바쁘진 않다. 생각만큼 안 써지기 때문이다. 〈쇼미더머니〉도 보고, 영화도 보고, 책도 보면서 평소처럼 할 거 다 한다. 그럼에도 누군가 어떻게 지내냐 물으면 할 거 다하고 있는 건 쏙 빼고 원고 쓰고 있다는 것만 말한다.

보통 사람들은 타인의 일을 호기심을 갖고 바라본다. 특히 그 일이 책과 글쓰기에 관한 거라면 좀 더 흥미를 갖고 바라본다. 그때마다 기대에 부응하기 위해 자는 시간과 일하는 시간을 빼면 온통 글만 쓰는 사람인 것처럼 포장한다.

쓰는 일로 밥벌이 할 돈을 버는 건 턱없이 부족하다.

하지만 별 볼 일 없는 나에게, 그나마 포장할 수 있는 유일한 일.

구차함을 알지만 아마 계속 포장하겠지.

'원고 마감이 코앞이라 바빠요.'

급한 성격만큼이나 걸음도 굉장히 빠르다. 누군가와 함께 걷다
가 속도가 안 맞으면 손을 잡아서 끌고 가다시피 한다. 빨리 걸으
면 시간을 더 값지게 쓸 수 있을 거라 생각했다. '좀 더 빠르게 걸
으면 일찍 도착하겠지? 일찍 도착하면 뭐든 빨리 시작할 수 있겠
지?' 싶었다.

배우 김태희의 에피소드도 한몫했다. 학창 시절 이동시간을 줄여
공부시간을 늘리기 위해 뛰어다녔다던 김태희. 그리고 결국 서울
대에 들어간 전설적인 이야기. 김태희처럼 일을 하고, 글을 쓰면
전설이 될 줄 알았다.

하지만 그런 일은 일어나지 않았다. 빠른 걸음으로 이동시간을 줄이고, 뛰다시피 다녔지만, 전설이 되는 일은 없었다. 이동시간은 줄였으나 확보한 시간만큼 딴짓을 했다. 여유롭다는 이유로 말이다. 군이 그렇게 빨리 걸을 필요가 없었던 거다.

이제는 천천히 걷는다. 다섯 걸음만 뛰면 10초 남은 신호에 횡단보도를 건널 수 있고, 열 걸음만 뛰면 지하철을 탈 수 있지만, 군이 그러지 않는다. 초록불에서 빨간불로 바뀌는 3초의 시간을 지켜본다. 눈앞에서 지하철 문이 닫히는 걸 지켜본다. 그러고는 다시 기다린다. 천천히 세월아 네월아 걷는다.

김태희는 역시 김태희고,
김경희는 어쩔 수 없는 김경희다.

빠른 걸음으로 이동시간을 줄이고 뛰다시피 다녔지만,
전설이 되는 일은 없었다.
이제는 천천히 걷는다.
김태희는 역시 김태희고,
김경희는 어쩔 수 없는 김경희다.

고민

이에요

매주 수요일 낮 필사 모임을 진행한다. 어떤 책을 필사하고, 어떤 문장이 좋았는지 이야기를 나누면서 서로의 일상을 나누기도 한다. 그날 J는 《보통의 존재》를 필사하면서 위로가 됐다고 했다. 취업은 할 수 있을지, 어떤 일을 해야 할지, 꿈은 뭔지 모르는 답답한 상황이었는데 그때 책에서 마주한 작가의 말. '꿈이 없을 수도 있다고, 꿈이 없다는 것에 대해서 고민하지 말라'는 말이 위로가 됐다고 했다.

늘 웃던, 그날도 수강신청을 성공적으로 마치고 왔다고 즐거워했던 J도 고민을 갖고 있었다. 내가 그 나이 때 가졌던 똑같은 고민

(찌질함 레벨 2)

을 말이다. 속으로 생각했다. '저도 그랬어요. 그런데 크게 고민할
거 없어요. 취업은 또 어떻게 될 거예요. 일은, 어떤 회사에 뽑히
는지에 따라 달라지고요. 꿈은, 조급하게 생각하지 마요. 천천히
생각해요.' 도중에 입 밖으로 나올 뻔했지만 말하지 않았다. 크게
위로될 말도 아닐뿐더러, J의 고민은 그 시기를 통과하면서 해야
할 고민이었다. 그건 J의 몫이었다. 시간이 흘러 취업을 하고, 일
을 하게 되면, 또 하고 싶은 일이 생기다보면, 꿈에 대해 생각해볼
수 있겠지. 그리고 그때는 또 다른 고민을 하겠지.

며칠 전 독서 모임에서 "저 결혼할 수 있을까요? 좋은 사람은 누
군가 다 채갔겠죠? 그냥 혼자 살아야겠죠?"라고 말했더니, M이
말했다. "나도 경희 씨 나이 때 똑같은 고민했어. 그런데 좋은 사
람은 있고, 결혼도 할 수 있더라고. 걱정하지 마요. 나도 경희 씨
나이 때 남편 만나서 연애하다가 결혼했는데, 뭐."

J도 시간이 지나면 지금의 나와 같은 고민을 할 거고, 나는 시간이
지나면 또 다른 고민을 하겠지.

(찌질함 레벨 3)

(남들만큼 사는 삶)

"보통의 삶은 아니잖아?"

"제대로 된 일이 아니네?"

"그거밖에 못 벌어?"

가까운 이들이 내뱉는 말에 "무슨 말을 그렇게 해?"라고 말하지 못했다. 악의 없는 말이라고 애써 이해하려 했다. 물론 이해가 상처를 덮어주진 않았다. 싫은 소리를 들을 줄만 알지 내뱉지 못했던 나는 그들과 거리를 두기 시작했다. 최선이었다.

비슷한 일을 하는 이들에게서 안정감을 찾았다. 적당한 거리가 주

는 긴장감에는 상처 되는 말이 없었다. 이 이야기를 단골손님에게
털어놓았다.

"왜 바로 말하지 않으세요? 바로 말하세요. 뒤에서 말해봤자 뒷담화밖에
안 돼요. 건강하지 못한 관계잖아요. 말하고 틀어질 관계라면 그 관계는
거기까지인 거에요."

손님의 말이 맞았다. 뒷담화밖에 안 됐다. 다른 이들에게 "아니 그
렇게 말을 하더라고. 너무하지 않아?" 털어놓고서는 꼭 마지막에
"그래도 악의는 없을 거야. 나쁜 애는 아니야."라며, 결국 뒷담화
를 해놓고 찝찝해 변명하기 바빴다.

그렇지만 앞에서 도저히 마음속 이야기를 속 시원히 내뱉을 수는
없어서 "아휴, 내가 못났네. 내가 못났어."하고는 그렇게 오늘도
거리를 둔다.

쫓기지 않고
좋아하는 일을 하는 것

카페에 오는 손님이 있다. 글을 쓰는 직업을 갖고 있으며, 그 외
시간에는 1인 출판사에서 외주 형태로 일하며 책을 만든다고 한
다. '글'이라는 공통 관심사가 있어 종종 이야기를 나눈다. 가령
"원고료는 얼마 받으셨어요? 쓰는 데 얼마나 걸리세요? 작업은
잘 하고 계세요?" 등. 그날도 함께 작업의 고단함을 나누고 있던
중 손님이 말한다.

"그런데 저 회사 그만둘까 고민이에요."

"아니, 왜요? 일주일에 두 번만 출근해도 되고, 재택근무도 가능하고. 좋
지 않아요?"

"그렇긴 한데 다른 사람의 글을 만지는 일 말고 온전히 제가 쓰고 싶은 글을 쓰고 싶어요."

"아… 그렇죠. 그런데 배우자분이랑 상의하셨어요?"

"오늘 상의하려고요. 회사에다가도 다음 주에 말하려고요."

일주일이 지났고, 그 손님이 왔다.

"회사에 말씀하셨어요?"

"네, 말했는데, 다른 업무로 바꿔서 계속 일하기로 했어요."

"아, 정말요? 그 일은 이전 업무보다 괜찮은가요?"

"네… 그렇기도 하고, 좀 더 준비해서 나오려고요. 지금 나오게 되면 쫓기게 될까 봐요. 경제적으로도 좀 더 많이 준비해놔야 다른 것 신경 쓰지 않고 제 글을 쓸 수 있을 것 같더라고요."

두 번의 퇴사 경험이 있는 나는 그 말을 이해할 수 있었다. 하고 싶은 일이 있어서 노동을 멈췄지만, 노동을 멈추고 하고 싶은 일을 하기 위해서는 노동하지 않을 조건이 전제되어야 한다. 퇴사 고민을 털어놓는 이들에게 나는 "돈을 모아두고 나오세요. 최소

한 6개월은 좋아하는 일을 할 수 있는 비용과 생활비를 마련해놓아야 합니다."라고 말한다.

하지만 안다. 버는 돈 없이 쓰기만 하는 상황에서, 좋아하는 일을 맘 편히 하는 건 쉽지 않다. 이효리처럼 평생 돈을 걱정하지 않아도 될 만큼의 돈이 없다면 쫓기는 마음은 어쩔 수 없다. 책을 팔고, 글을 쓰며 좋아하는 일을 하고 있지만, 어떤 이유로도 쫓기긴 한다. 백수일 때는 돈에, 지금은 마감에, 이따금은 현실에.

엄마도 어쩔 수 없는
엄마인가 봐

엄마가 "너 연애 안 하냐? 결혼 생각 없냐?"라고 말하며 속을 긁는 횟수가 늘어났다. 점차 엄마와 마주치는 동선을 피해가던 중에 내 생일이 다가왔다. 29년 전, 열 시간이 넘는 진통 끝에 나를 낳아준 마음에 보답하고자 엄마, 아빠에게 각각 용돈을 드렸다. 많이 넣지는 못했다. 엄마는 딸 낳은 보람이 있다며 신나 하다가, 말하지 않았으면 좋았을 말을 하고야 말았다. "A네 딸은 결혼할 때 친정엄마한테 얼마 줬다더라. B네 딸은 어디 다닌다는데 돈을 그렇게 많이 번다더라. 용돈을 맨날 준대. C네 딸은 이번에 결혼했는데 사위가 장모한테 차 뽑아줬다더라." 나는 방으로 들어갔다.

엄마는 딸이 학창 시절 사고를 치고 와도 "그럴 수도 있지." 하며 혼내지 않았다. 뜬금없이 미국이 가고 싶다는 딸을 위해 "그래, 엄마도 결혼 전에 미국이 너무 가고 싶었어. 그런데 할머니가 하나 있는 딸 못 보낸다고 해서 못 갔거든. 그게 지금도 한이더라. 너한테는 넓은 세계를 보여주고 싶어." 하며 수년간 모아온 돈을 내줬다. 그리고 1년 동안 딸이 미국에서 지낼 수 있도록 해줬다. 열여덟 딸이 비행기 타고 먼 타국에 가서 지내는 동안, 비행기는커녕 여행 한 번 못 다닌 엄마였다. 엄마는 그런 엄마였다. 우리 엄마는 다른 엄마들과 다르다는 생각을 해왔는데 엄마도 어쩔 수 없는 엄마였다.

엄마에게 말했다. "엄마 내 친구 OO 알지? 걔네 엄마가 걔 이번에 차 뽑아줬더라. 그리고 XX네 엄마는 걔 이름으로 적금 들어줬더라. 시집갈 때 보태주겠다고. 아, 그리고 OO이 엄마는 계 탔다고 카메라 사줬대. 근데 엄마, 내가 그런 거 엄마한테 말한 적 있어? 자식도 똑같아. 똑같이 부모 비교되는 순간 많아. 그런데 안 하는 거야. 그러니까 그만해. 나도 이제 그만 듣고 싶어."

엄마는 그 이후로 '누구는 그랬다더라', '누구는 뭐 해줬다더라'라는 말을 하지 않는다. 단, 그만큼 엄마와 거리가 생겨 모녀 사이가 조금 썰렁해지긴 했다.

그래서 엄마를 사랑하지 않느냐고 묻는다면 아니다. 엄마는 엄마다. 어쩔 수 없다. 그저 엄마도 어쩔 수 없는 엄마라는 걸 받아들이게 된 것뿐이다. 보통 사람이라는 걸. 이따금 질투하고, 친구들 앞에서, 친척들 앞에서 자식 자랑 하고 싶은 보통의 엄마다. 딱히 자랑거리가 못 되어줘 미안한 마음은 없다. 나도 어쩔 수 없는 나다. 자랑할 만한 건 없지만 난 내가 좋다.

엄마, 다음 생에 다시 만나자.
그땐 자랑할 만한 딸로 살아볼게.

나
행복해

책방에서 일하고, 새로운 책을 쓰기 시작하게 되면서 버릇처럼 내뱉는 말이 있다.

"나 행복해. 좋아하는 일 하면서 돈 벌고, 내 작업도 하잖아."

어떨 때는 누군가 묻지도 않았는데 먼저 말을 하고, 심지어 두 번세 번 반복하기도 한다. 누군가 "고민 없어요?" 물어보면 "전 고민 없는데요? 지금 삶에 만족하거든요."라고 대답한다. 그렇게 '나 잘 살고 있어요! 부럽죠?'를 떠들어댄다.

한가로운 목요일 밤, 심리상담사로 일하는 손님과 새로운 워크숍 진행 건으로 이야기를 나누기로 했다. 어떤 검사로 진행할지, 날짜는 언제가 좋을지, 비용은 얼마가 적당할지 이야기를 나눴다. 그러던 중 "먼저 해보실래요?"라고 묻는 말에 검사를 받게 됐다. 흰 종이 위에 그림을 그리고, 건네지는 질문에 대답했다.

"고민은 없어요?"

"고민이 없어요. 지금 삶의 만족도는 최고거든요."

"정말요? 1부터 10까지 숫자가 있으면 몇이에요?"

"7, 8 정도요. 전 행복해요. 좋아하는 일 하면서 돈 벌고, 글 쓰는 작업도 하고 있고요. 그 어느 때보다 삶의 만족도가 높아요."

손님은 고개를 몇 번 끄덕였고, 그림을 한 번 더 보고 말을 건넸다.

"본인이 진짜 행복하고, 삶의 만족도가 높은 분들은 굳이 말하지 않아요. 오히려 그걸 계속 반복해서 말하는 분들은 자기합리화를 하고 있는 경우가 많아요."

(찌질함 레벨 3)

얼굴이 벌게졌다. '자기합리화'라는 말이 툭 걸렸다. '자기합리화라… 자기합리화…' 몇 번을 되뇌었다. 그리고 토해내듯 말했다. 퇴사부터 지금까지의 삶을. 자신 있게 시작했던 일들이 기대에 못 미쳤던 것, 앞서가는 이들 틈에서 뒤처지고 있다는 사실에 작아졌던 것, 그 상황에서 무심코 내뱉어진 가까운 이들의 뾰족한 말에 위축됐던 것까지 모두 털어놨다.

낮아진 자존감을 감추기 위해 책을 파는 일과 책을 쓰는 일로 나를 포장했다. 스스로에게도, 타인에게도 "나 행복해."라고 말하면서도 나는 웃고 있지 않았다. "요즘 가장 큰 재미가 뭐예요?" 질문을 받고 한참 동안 생각했지만 아무런 대답도 하지 못했다.

청약을 깨고 부모님과
함께 산다는 것

청약 저축이 붐일 때가 있었다. 분위기에 휩쓸려 청약 통장을 만들었다. 매달 2, 3만 원 남짓 되는 돈을 넣었다. 조금씩 이자가 쌓여가던 즈음 나는 청약을 깨기로 했다. 용돈을 쪼개 먼 미래의 집을 갖기 위한, 그것도 집을 가질 수 있다는 보장도 없는 일에 내 돈을 계속 넣을 수는 없었다. 지금 당장 데이트하면서 돈 쓰기도 바쁜데 먼 미래의 집이라니, 큰 고민 없이 은행으로 달려갔다. "꾸준히 잘 넣고 계셨는데 지금 깨긴 아까운데 좀 더 놔두세요." 은행 직원의 말에 나는 '제발 그냥 깨주세요. 돈 쓸 데도 많은데 무슨 집이에요'라고 속으로 애원하며 "아니에요, 집 필요 없어요." 라고 말하고 결국 청약 저축을 깨서 그동안 모아둔 돈을 현금으

(찌질함 레벨 3)

로 받아 들고 나왔다.

7년이 지난 지금, 나는 다시 애원한다. '다시 어떻게 안 될까요?'

서른을 코앞에 두고 있는 나는 부모님과 함께 살고 있다. 좀 더 정확히 말하자면 부모님 집에 얹혀살고 있다. 그래도 양심은 있어서 화장실 딸린 안방은 탐내지 않는다. 집에서 가장 추워서 겨울이면 아무도 들어오지 않는 방에서 지낸다. 그래도 몸 둘 방 한 칸 있으니 행복하지 않느냐고 묻는다면 내 대답은 "아… 네. 그게 그렇긴 하지만…"이 될 수밖에 없다. 피가 섞여 있기는 하지만 취향이 다른 인격체로 살아가는 이들이 함께 모여 지낸다는 건 여간 어려운 일이 아니다.

냉장고에 과일 하나 넣는 것부터 아침에 일어나는 시간까지 제각기 다른데 어찌 함께 사는 게 편할까? 혼자 있고 싶지만 혼자 집에 있는 시간을 쟁취하는 것도 여간 어려운 게 아니다. '그래, 이젠 독립하자.' 부동산 중개 앱을 내려받아 집 시세를 알아본다. 오피스텔 원룸을 먼저 알아봤다. '흠, 이 정도면 괜찮겠네?' 싶다가도 현실적인 조건을 생각해보면 한숨이 나온다. 매달 월세에 생활비에 공과금을 더하면 한 달에 백만 원이 필요하다. 가구부터 소소한 가전제품까지 초기비용도 만만치 않다. '월세가 보증금 부담이 덜하긴 하지만 매달 월세 비용이 만만치가 않으니까… 역시 무리하더라도 전세가 좋겠지?' 원룸 전세를 알아보기 시작했다. 오피스텔부터 주택가까지, 내가 가진 모든 돈을 끌어와도 전셋값을 마련하기엔 턱도 없다. 결국 다시 월세를 알아보지만 한 달 고정 지출을 감당할 자신이 없다.

청약 저축을 다시 들어야 하는 걸까? 그러면 10년 후면 독립할 수 있을까?

(찌질함 레벨 3)

참을 수 없는
층간소음

일주일 전부터 시작된 1004호의 쿵쿵 소리에 예민해져 밤마다 씩씩거렸다. 퇴근하고 집에 와서 쉬고 싶은데 그때마다 시작되는 소음에 도저히 참을 수가 없었다. '참자. 참자. 참아야 복이 오느니라. 다 사정이 있겠지… 괜찮아질 거야… 1분만 더 있으면 괜찮아지겠지'를 되뇌며 도 닦는 심정으로 지냈다. 하지만 밤 11시가 넘어서까지도 쿵쿵거리는 소음을 참을 수 없었다. 그렇다고 그 시간에 윗집에 올라가서 벨을 누르는 것도 실례되는 일이라 속만 태웠다. 경비실에 전화를 걸어 불만을 제기하고 싶었지만 괜히 중간에서 경비아저씨가 난처해질까 봐 호출도 하지 못했다.

층간소음으로 살인까지 일어나는 요즈음, 짜증은 나지만 대책이 없었다. 안 되겠다 싶어 노트북을 열고 A4 한 장 분량의 편지를 써내려가기 시작했다. '904호입니다. 살다보면 쿵쿵거릴 수도 있고 그렇죠… 이게 거주하는 사람 잘못은 아닐 거라 생각합니다. 애초에 아파트 공사를 할 때 좀 더 층과 층 사이를 단단하게 했더라면 좋았을 텐데… 아무래도 오래된 아파트라 그렇겠죠. 하지만 밤마다 쿵쿵거리는 소리에 굉장히 스트레스를 받고 있습니다. 자다가 깨기 일쑤고요. 실내에서 슬리퍼를 착용해주시거나 밤 11시 이후에는 주의를 좀 부탁드리겠습니다.' 혹여나 거슬리는 부분이 있을까 몇 번이나 읽고 고쳤다. 사실 마음 같아서는 '저기요, 진짜 돌겠다고요. 가장 편해야 할 집에서 맨날 스트레스 받는다고요! 기본적인 매너도 없어요? 하루 이틀도 아니고 밤늦게까지 쿵쿵거리는 게 말이나 돼요?'라고 쓰고 싶었다.

다음 날, 뽑아놓은 종이와 스카치테이프를 들고 올라갔다. 1004호 문 가운데 붙여놨다. 사실 벨을 누르고 말하려 했지만 무서웠다. 그날 밤, 편지의 효과가 있길 바라며 편히 쉬고 있는데 들려오는 쿵쿵 소리. '아니, 이 사람들이 진짜!' 싶어 올라갔지만 역시나

〈 찌질함 레벨 3 〉

바로 벨을 누르진 못했다. 현관문에 붙여둔 편지가 있는지 확인했다. 붙여놓은 종이는 없었다. '그래, 봤겠지… 봤으면 좀 괜찮아지겠지.' 다시 집으로 돌아왔지만 여전히 쿵쿵 소리가 났다. 도저히 안 되겠다 싶어 올라갔다. 손에는 핸드폰을 쥐고 있었다. 혹여 무슨 일이 생길까 무서워서였다. 떨리는 마음으로 띵동 벨을 누르자 아주머니 한 명이 나온다. "아래층에서 왔는데요. 너무 쿵쿵거려서 올라왔어요. 하루 이틀도 아니고 참다참다 올라왔는데 제발 부탁 좀 드릴게요. 너무 스트레스예요." 그랬더니 아주머니는 "아니, 그럴 리가 없는데? 조용히 다니는데."라고 대답했다. '조용히 다녔는데 제가 올라왔겠어요? 진짜 너무하신 거 아니에요?'라고 소리치고 싶었지만 "제발 부탁 좀 드릴게요. 진짜 너무 시끄러워요."라고 다시 한 번 말하고 내려왔다. 그러나 쿵쿵거리는 소리는 멈추지 않았다.

소음측정 앱을 내려받았다. 조용히 다닌다는 1004호에게 객관적인 자료를 보여줘야 했다. 사실 '눈에는 눈, 이에는 이' 작전으로 1104호에 양해를 구하고 들어가 온 집 안을 뛰어다니고 싶었다. 믿기지 않겠지만 정말 그 방법을 생각했다. 실행에 옮기진 못했다.

'도대체 저 집은 왜 저렇게 시끄러울까?' 하며 스트레스 받고 있던 어느 날, 1층에서 엘리베이터를 기다리는데 1004호 아주머니가 남자아이와 함께 걸어온다. 두 살에서 세 살 정도 되어 보이는 아이. 범인은 아이였다. 소음의 주인공. 아이는 엘리베이터를 기다리는 동안에도 이리저리 뛰어다니고 소리를 질렀다. "그럴 리가 없는데, 조용히 다니는데."라고 했던 1004호 아주머니의 말은 거짓이었다. 저 아이가 조용히 다닐 리가 없다. 1004호 아주머니를 힐끔 쳐다봤다. 아이야 뛰어놀 나이고, 층간소음이 뭔지도 모를 테니 아이를 쳐다볼 수는 없었다.

그날 밤. 어김없이 쿵쿵거리는 소리가 들렸다. 층간소음 측정 앱을 작동시켰다. 90db이 넘어갔다. 3분 이상 지속됐다. 올라가도 되는 수치였다. '내가 예민한 사람이 아니라고. 나도 여기 올라와서 벨 누르는 거 쉽지 않다고'라는 마음으로 문을 노크했다. 1004호 아주머니는 아이를 안고 나왔다. 그러고는 그제야 "죄송해요." 라는 말을 했다. 젠장. 이제야 사과를 하다니. 아무것도 모르는 아이는 나를 보며 씩 웃고 있었다. 1004호의 계략이었다. 웃는 아이에게 화를 낼 수 있는 사람은 많지 않을 테니까. 나는 아이를 애써

(찌질함 레벨 3)

외면하고 말했다. "애들 뛰어노는 거 이해하지만 밤 11시 이후에는 정말 주의 좀 해주세요. 부탁드릴게요. 진짜 미치겠어요."

다음 날, 벨이 울린다. 나가보니 1004호 식구들 세 명이었다. 한명은 포도 한 상자를 들고 있었고, 아이는 나를 빤히 쳐다보고 있었다. 1004호 아주머니는 죄송하다며 포도 상자를 내밀었다. 난감했다. '내가 여기서 화를 낸다 해도 머릿수에 밀리는데? 나 포도 안 좋아하는데… 애까지 있는데 애 앞에서 뭐라고 할 수도 없고.' 결국 포도 여섯 송이가 든 상자를 받아 들고 "네, 그럼 주의 좀 해주세요."라고 말한 뒤 문을 닫았다.

그 일이 있고도 1004호는 여전히 쿵쿵거린다. 냉장고 문을 열 때마다 말라가는 포도가 보인다. 말라가는 포도만큼 나도 말라간다. 먹지도 않는 포도 한 상자 받은 게 뭐라고. 올라가서 "조용히 좀 해주세요." 말하는 게 쉽지 않다.

아무리 생각해도 포도를 받는 게 아니었다. 조금 더 강하고 단호하게 말했어야 했다.

'포도는 안 주셔도 됩니다. 가져가서 드세요. 포도 안 좋아해요. 포도는 됐으니까 제발 밤 11시 이후에는 주의 좀 해주세요.'

포도를 받는 게 아니었다.

원더

우먼

인천 지하철 1호선, 채워진 자리보다 비워진 자리가 많은 밤 11시. 친구에게 전화가 왔다. 갑자기 생각나서 전화를 걸었다는 친구가 근황을 물었다. 주절주절 일상을 토해내다 나도 모르게 "근데 너무 피곤해. 힘들어."라는 말이 나왔다. 가만히 듣고 있던 친구가 왜 힘드냐고 묻는다.

"하루의 반은 일하면서 보내고, 쉬는 날에는 워크숍 준비를 해야 해. 그리고 남은 시간을 쪼개서 원고를 써야 하고, 체력도 달리고, 쉴 틈이 없네." 친구에게 중얼거리며 말했더니 친구는 일을 좀 줄이는 게 어떠냐는 말을 했다. "그래도 다 좋아하는 일이야… 다

하고 싶어." 대답했다. 좋아서 하는 일이니 쉽사리 줄이기도 쉽지 않았다. 하는 일 없이 빈둥거리며 몇 개월을 보낸 후, 일이 많다는 건 피곤한 게 아니라 감사한 것이라 생각했다. 게다가 좋아하는 일 아닌가. 놓칠 수 없었다. 매번 비워지기 바빴던 통장도 채워지고 있었다. 나는 충분히 해낼 수 있는 능력이 있다고 생각했다. 잠을 좀 더 줄이면 됐다. "아냐, 그래도 좋아하는 일들이라⋯ 그리고 힘든 거 잠깐인데, 뭐." 나는 말했다. "그래? 그럼 좀만 더 힘내. 잘 해낼 거야."라 말하며 친구가 달래주었다.

밤 11시 40분. 벌여놓은 일들을 마무리하기 위해 인스턴트커피를 집어 들었다. 대충 휘젓고는 얼음을 잔뜩 넣고 노트북을 마주했다. '서점 일 정리하고, 워크숍 자료 준비하고, 원고 써야지. 그래, 하나씩 차근차근 하자' 마음먹었지만 커피를 마시면서 졸았다. 느낌이 싸해서 깨보니 노트북 화면에 이마를 맞대고 졸고 있었다. 이마 자국이 남은 노트북 화면을 가만히 바라봤다. '와, 조금 더 졸았으면 노트북 부러졌겠네.' 생각하기도 싫었다. 6개월 동안 고민하다가 산 노트북인데 말이다. 도저히 안 되겠다 싶어 거실을 돌아다니고 베란다로 나가 정신을 차리려 했지만 결국 거실 소파

〔 찌질함 레벨 3 〕

에 누웠다. 10분 정도 졸았을까? 다시 일어나 식탁에 있던 노트북을 덮었고 곧장 방으로 들어가 누웠다. '내일 일찍 일어나서 하면 돼' 마음먹고는 핸드폰 알람을 6시 30분에 맞췄다. '지금이 1시니까, 다섯 시간 30분이면 충분해' 하고 잠이 들었다.

다음 날 8시 30분에 일어났다. 6시 30분 알람을 언제 껐는지 기억도 안 났다. 누군가의 음모가 아닌지, 핸드폰의 오작동은 아닌지 의심했다. 얼굴이 찡그려졌다. '씻고 준비하려면 한 시간은 족히 걸리는데… 휴, 나라는 인간은 왜 잠을 쫓지 못하고…' 자책하며 아무것도 하지 못하고 아침을 흘려보냈다.

이 패턴이 일주일이나 지속되었다. 밤에는 '내일 아침에 해야지' 아침에는 '오늘 밤에 해야지' 하면서 시간을 보내다가 알았다. 내겐 충분히 해낼 수 있는 능력이 없었다. 하루에 일곱 시간 이상의 수면이 필요했고, 잠을 쫓을 능력은 존재하지 않았다. 내가 잘 해낼 수 있는 건 충분히 자는 일이었다. "세 시간 자면서 글 썼어요. 밤새우면서 작업했어요."라고 말하는 사람들을 보며 끊임없이 자극받았고, '나는 재능이 없으니까 더 열심히 해야지' 싶었지만 그들은 애초부터 나와 다른 사람들이었다. 나는 일을 줄이기로 했다. 나를 혹사시키면서 회사 다니는 게 싫다며 뛰쳐나왔는데 그때와 똑같이 스스로를 혹사시키고 있었다. 좋아하는 일을 한다는 이유로. 하지만 아무리 좋아하는 일이라도 잠을 자면서 해야 한다. 나는 원더우먼이 아니었다. 보통우먼이었다.

모두 다 잘 해내려는 마음을 내려놨다. 일을 줄이기로 했다.

참을 수 없는
_____
권태로움
_____

작년 한 해, 크게 작게 원했던 모든 것을 이뤘다. 살면서 그런 적
이 한 번도 없었는데 말이다. 생각보다 더 크게 이룬 것도 있고,
덜 미치게 이룬 것도 있지만, 결론은 다 이뤘다는 것이다.

그러니까, 퇴사를 했고, 책을 냈고, 사업자등록을 했고, 친해지고 싶
은 사람들과 말을 텄다. 물론 역시나 연애는 하지 못했… 안 했다.

욕심도 호기심도 많았던 나는 더는 무엇을 욕심내야 하는지, 무엇
에 호기심을 가져야 하는지 모르는 채 권태로움에 허우적거리고
있다. 이럴 때 사랑이라도 하면 사랑에 온전히 집중하며 그럭저럭

잘 지낼 수도 있었을 거다. 허나 결혼할 상대라는 운명의 남자는 3년째 오지 않고 있다. 결국엔 연예인을 좋아하게 됐다. 나는 그를 사랑하지만, 그는 나의 존재도 모르고 있다는 게 조금 아쉬운 부분이다. 그래도 꽤 힘은 된다.

돈도 벌어야 하고, 연애도 해야 하고, 살도 빼야 하고, 글도 부지런히 써야 하고. 할 건 많은데 이 지독한 권태는 몇 달 간 이어지고 있다. 그래서 결심을 했다. 좋아하는 연예인을 좀 더 열심히 좋아하기로. 연극이라면 평소 즐기지 않지만 보러 갔고, 돈을 벌어 커피 차를 보내줘야겠다고 생각하며 조금씩 권태로움에서 빠져나오려고 발버둥쳤다. 역시 사랑의 힘은 크다. 조금은 권태로움에서 벗어났다. 그래도 다음번에 권태가 올 때는 내 존재를 알고 있는 이와 쌍방으로 마음을 주고받으며 연애를 하고 싶다.

2년 10개월 걸린 치아교정이 끝났다. 교정만 하면 김태희로 변할
줄 알았지만, 김경희 그 이상도 그 이하도 아니었다. 교정을 끝내
고 마주한 것이라곤 임플란트 수술뿐이었다. 치과에 가서 한 번
더 상담을 받고, 예약을 잡았다. 디데이가 왔다. 심장이 쿵쾅쿵쾅
뛰었다. 든든하게 먹어야 할 것 같아 순댓국을 포장해왔다. 냄비
에 넣고 팔팔 끓이는 동안 파인애플과 수박을 잘라놓았다. 큰일을
치르기 위한 의식을 끝냈다. '배는 별로 안 고프지만 지금 먹어놔
야 해. 이따가는 아파서 못 먹을 거야. 마취 풀리는 데 시간도 걸
리고…' 생각하며 억지로 순댓국을 먹었다, 라고 하기엔 너무 금
세 바닥을 비웠다. (인간이란 대단한 존재다. 먹을 수 있을 때 미리 먹

어놔야 한다는 걸 몸도 알고 있는 거다.) 배를 든든히 채우고 치과로 향했다. 동의서에 사인하고 카드를 긁었다. "몇 개월로 해드릴까요?", "일시불로 해주세요." 사실 체크카드라 할부가 안 된다. 아쉽다. 무이자 할부 할 수 있었는데…

치과 의자에 누웠다. 마취주사를 맞았다. 20년 가까이 내 치아를 봐주고 있는 의사 선생님은 "아프지 않은 사람들도 있어요."라고 말했지만, 옆에 있던 간호사는 "많지는 않아요…"라고 작게 말했다. 누구 말을 들어야 할지 몰랐지만 아프지 않길 바랐다. 백만 원이 넘는 돈을 쓰고 아프기까지 하면 마음이 찢어진다. 잇몸과 치아도 양심은 있는지 마취에 잘 반응했다. 크게 아프지 않고 수술이 끝났다. 의사 선생님이 말했다. "무조건 쉬세요. 임플란트도 수술이에요. 무리하면 안 됩니다. 오늘 내일은 무조건 쉬세요.", "네, 알게뜹니다. 푹 실께여. 구런데, 저녀근 언제브터 머글 수 이떠여?" 질문에 선생님은 "마취 풀리면 드세요."라고 답했다. 몇 가지 주의사항과 찜질팩, 약 등을 받아 집으로 왔다. 죽을 듯이 아픈 건 아닌데 묘하게 힘들고 묘하게 기운이 없는 상태였다.

(찌질함 레벨 3)

집에 도착해 침대에서 대부분 시간을 보냈다. 누워서 책을 보다 잠이 들고, 다시 일어나 영화를 보다가 잠들었다. 그러고는 부엌으로 나가 저녁을 챙겨먹고, 다시 침대로 가서 책을 보고 잠이 들고를 반복했다. 사실 해야 할 일이 많았다. 마감이 얼마 남지 않은 원고와 주말에 있을 글쓰기 워크숍까지. 하지만 무조건 쉬라는 말에 따르기로 했다. 의사 선생님의 '교정하지 마세요, 교정할 필요 없어요'라는 말은 죽어도 안 들어놓고서는 '무조건 쉬세요'라는 말은 또 잘 듣는다. 해야 할 일이 많아지니 시간이 부족해 남는 시간을 쪼개고 쪼개서 사용해왔다. 친구들과의 만남을 줄였고 좋아하는 텔레비전 시청을 포기했다. 그렇게 해서 겨우 만든 시간이었다. 좋아하는 일을 하니 '쉬고 싶다'고 투정부릴 수도 없었다. 쉬고 싶지만 쉴 수 없는 상황이었다. 그런 와중에 '에라, 모르겠다' 하고, 누군가 건네준 '무조건 쉬라'는 말을 덥석 잡았다. 오랜만에 해야 하는 일 말고 하고 싶은 일들만 하며 하루를 보냈다. 하루 쉰다고 큰일 나지 않았다. 오늘의 내가 미룬 일은 내일의 내가 어떻게든 해결한다. 그러니 하루쯤은 쉬었으면 한다. 나도, 이 글을 읽는 당신도.

문득 할머니가
생각난 밤

어느 날 양치를 하는데 문득 친할머니가 생각이 났다. 돌아가신 지 20년도 더 된, 좋은 기억이라고는 하나 없는 친할머니 생각이라니. 다섯 살인가 여섯 살 때, 큰집에서 지내던 할머니가 우리 집에 며칠 머무르기로 했다. 워낙 조용한 성격이셨고, 날 예뻐하지 않으셔서 별다른 대화를 나누진 않았다.

외할머니와 함께 사는 우리 집을 불편해하시진 않았다. 두 분은 잘 지내셨다. 점심 때는 두 할머니와 나와 동생이 한 상에서 밥을 먹었다. 외할머니가 차려주신 밥. 나와 동생이 밥을 빨리 먹고 안방에서 놀고 있는데 안방 창문 넘어 베란다에 친할머니가 쪼그려

앉아 있는 것이 보였다. 할머니는 손을 입에 넣어 틀니를 능숙하게 뺐다. 그러고는 베란다 수도꼭지 물을 켜서 틀니를 닦았다. '할머니가 치아가 안 좋으셔서 틀니를 하셨나 보다' 생각했다. 똘똘해서 틀니 정도는 알고 있었다. 할머니는 그렇게 매번 식사하고 나서 화장실이 아닌 베란다로 조용히 나가 틀니를 닦으셨다. 틀니를 끼고 빼는 것에 대해 조금은 쑥스러워하셨던 것 같다.

20년이 훨씬 지난 오늘, 그때 생각이 났다. 화장실 세면대에서 틀니 같은 투명한 치아 유지 장치를 닦으면서 말이다. 눈으로 기억된 오래전 일, 그리고 자연스레 딸려오는 기억들. 아들로 태어났어야 했는데 딸로 태어났다며 나에게 눈길 한 번 안 주던 일, 아들 못 낳는다며 구박하고 집에서 살림 안 하고 밖에서 돈 번다며 엄마를 못마땅해하던 기억까지 기어코 따라 붙었다. 칫솔질 하다 생각나는 친할머니 생각이라니. 그 순간, 아빠 생각이 났다. 아빠도 할머니가, 그러니까 아빠의 엄마가 보고 싶을 때가 있을 텐데 하는 생각. 아빠가 오래전 돌아가신 엄마가 문득 떠오르는 때는 언제일까 궁금해졌다. 오랜 시간 함께했기에 많은 순간 떠올리지 않을까 추측만 해볼 뿐이다. 20년이 훨씬 지났음에도 손녀는 당신에게 받은 상처를 여전히 기억한다. 소심하고 뒤끝 많은 손녀라 하늘에 있는 당신을 그리워하지 않는다. 다만 당신을 그리워하고 있을 당신의 아들인, 나의 아빠를 생각할 뿐이다.

앞으로 자주 친할머니를 떠올릴 것 같다.

(찌질함 레벨 3)

설 연휴
결혼을 결심하다

설 연휴, "결혼 언제 할 거니?"라는 잔소리를 피해 먼 곳으로 대피하려 했다. 하지만 흘러가는 시간은 게으름보다 빨랐다. 결국 동네 밖을 벗어나지 못했다. 고작 계획한 거라곤 친구의 남자친구의 친구들과 함께 배드민턴을 치기로 한 것. 나를 제외한 모든 이들이 연애 중인 사람들 속에서, 우리의 목적이라고는 '배드민턴'뿐이었다. 두 시간 동안 온몸을 던져 열심히 움직였다. 열다섯 살만 어렸어도 국가대표를 꿈꿨을 텐데 아쉽다.

배드민턴이라는 목적을 달성한 우리는 주린 배를 채우기 위해 족발집으로 자리를 옮겼다. 너덜너덜해진 몸의 에너지를 돼지의 발로 채우려는데, 이 대단한 주당들은 소맥부터 만다. 족발, 보쌈, 술국, 낙지 등으로 테이블 세 개를 꽉 채우고, 소주 다섯 병과 맥주 열 병을 비워낸 후 2차를 외친다. 하지만 이미 얼굴이 벌게진 나는 집으로 향했다. 10년 만에 땀 흘려 한 운동과 술의 조합이 비혼주의자에게 결혼을 꿈꾸게 만들 줄 그때는 알지 못했다.

다음 날 정신을 차리고 일어난 나는 내 몸이 내 것이 아닌 듯한 느낌을 받았다. 근육통이 오고야 만 것이다. '그래, 뭐. 이까짓 근육통 며칠 지나면 괜찮아지겠지' 하며 대수롭지 않게 넘기려 했다. 하지만 내 체력과 몸 상태는 저질이었다. '도대체 나는 왜 배드민턴을 치겠다고 한 것인가? 얼마나 건강하게 오래 살겠다고 두 시간이나 땀을 흘린 것인가?' 하며 뒤늦은 후회를 했다. 젠장.

종일 뜨끈한 전기장판에 누워 있으면 싶었지만 내일은 설날이었다. 오늘 요리하는 시늉이라도 해야 내일 큰집에 가지 않아도 별말 없이 조용히 넘어갈 수 있다. '남자친구는 있니? 결혼해야지'라는 잔소리를 듣고 싶지 않았다. 결국 돌덩이 같은 몸을 이끌고 장을 보고 전을 부쳤다. 그리고 조용히 앞 동에 있는 할머니 집으

〔 찌질함 레벨 3 〕

로 피신했다. 할머니는 이미 아침에 큰삼촌 댁에 가서 나 혼자였다. 전을 부치면서도 먹지 않았고 종일 먹은 게 없었는데도 배는 고프지 않았다. 냉장고를 한 번도 열지 않은 채로 텔레비전을 보다가 잠이 들었다.

설 당일, 차례를 지낸 할머니가 돌아왔고, 친척 오빠의 결혼부터 친척 동생들의 대입 소식과 정치 이야기까지 한바탕 수다를 떨고는 마무리 지었다. 나는 혹여 엄마, 아빠의 '너 언제 할머니네 갔어? 큰집 안 가려고 꾀부리는 거지?'라는 공격에 대비하고자 일부러 할머니와 함께 갔다.

집에 도착한 시간은 4시. 어제도 오늘도 먹은 게 없는데 배가 고프질 않았다. '이상하다. 종일 먹은 게 하나도 없는데?' 한 시간에 한 번씩 뭔가를 먹어야 하는 나는 배고프지 않은 것이 적잖이 당황스러웠다. 30분 후, 속이 이상해지기 시작했다. 근육통을 뛰어넘는 통증이 시작되었다. 거실에서 삼겹살을 굽고 있는 냄새에도 식욕이 돋기는커녕 온몸을 바늘로 찌르는 것처럼 아팠다. 바라는 일이라고는 빨리 잠들어서 이 고통에서 벗어나는 것뿐. 하지만 아프니까 잠도 오지 않았다.

온몸이 너무 아파 동생에게 "다리 좀 주물러줘."라고 했더니 "스스로 해."라는 대답이 돌아왔다. (결혼해도 자식 낳는 건 진지하게 생각해야겠다는 걸 동생을 보면서 느끼는 요즈음이다.) 결국 나는 침대에서 누웠다 앉았다 엎드리기를 반복하며 끙끙거렸다. 그래도 죽을 만큼 아프진 않았는지 그 와중에 '결혼했으면 옆에서 남편이 주물러주고 약 챙겨줬을 텐데… 혼자서 아프려니 너무 서럽네, 이래서 결혼을 하는 건가?'라는 생각을 했다. 인터넷엔 명절 갈등, 명절 스트레스, 이혼 급증 등의 기사가 흘러넘치는데 나는 명절에 결혼을 꿈꾸고 있었다.

딸이 방에서 끙끙 앓고 있는 사실을 모르는 엄마, 아빠는 식탁에서 소곤소곤 대화를 나눈다. 부엌과 가장 가까운 방에 있는 내가 못 들을 줄 알았나 보다. 다 들렸다. 토씨 하나 빠지지 않고.

"둘째 먼저 보내고 큰애 보내게 생겼어. 큰애가 먼저 갈 줄 알았는데 말이야."

"큰애가 연애를 해야 할 텐데…"

"올해 연애하고 내년에 결혼하면 딱 맞는데."

"사람 인연이라는 게 또 금방이라도 만날 수 있는 거니까, 내년에 결혼할 수 있겠지, 뭐."

나는 2미터도 안 되는 곳에 있는 부모님께 텔레파시를 보냈다.

'그 큰애 지금 너무 아파요. 결혼이 문제가 아니에요.'

핏줄 텔레파시는 전해지지 않았다. 아픈 게 괜찮아지면 제발 내 결혼 문제에 관심을 끊어달라고 말해야겠다는 생각을 하며 그날 밤을 지새웠다.

반듯한
마음으로

7년 전에 라섹 수술을 했다. 3년 후, 안구건조증이라는 부작용과 함께 원래 시력이 되돌아왔다. 다시 안경과 렌즈를 구입했다. 이후 1년에 한 번씩은 시력 검사를 하면서 렌즈를 바꿔준다. 성인들은 시력 변화가 거의 없다는데 어째 내 눈은 매년 침침해지는지 모르겠다.

요즈음 눈이 침침한 느낌이 계속 들어 미루고 미루던 안경렌즈를 바꾸기로 했다. 근처에 안경원만 네 곳인데 뭐 이리 미뤘을까 싶다. 물론 네 곳이든 열 곳이든 중요하지 않다. 미루는 나는 변함없으니까. 제일 가까운 곳에 갔으면 됐을 텐데 굳이 네 군데의 안경

(찌질함 레벨 3)

원을 모두 돌아본 후 한 곳을 골라 들어갔다. "안경렌즈를 바꾸려고요." 했더니 앉으라고 하신다. "요즘은 기계들이 잘 나와서 정확하게 측정해."라고 말씀하시더니 기계를 내 쪽으로 옮기면서 "기계에 턱을 올려놓고 반듯한 마음으로 이마를 갖다 대세요." 하신다. 존칭과 반말이 왔다 갔다 하지만 개의치 않았다. 온통 내 머릿속에는 '반듯한 마음으로 이마를 대는 건 뭐지?' 싶은 생각뿐. 물론 되묻지는 않았다. 반듯한 마음으로 턱을 올리고 이마를 갖다 댔다. 초원 위의 빨간 집 풍경이 흐려졌다 선명해지기를 반복했다. 몇 번을 더 반복하더니 시력검사가 끝났다. 서랍을 꺼내 샘플 렌즈를 갈아 끼워주면서 나에게 건넸다. "좀 더 잘 보일 거예요." 큰 차이가 없었지만 "네."라고 대답했다. 5분만 기다리면 새 렌즈로 갈아끼운 안경을 받아볼 수 있을 거라고 했다. 출입문 구석에 있는 소파에 앉아 기다렸다.

안경이 나왔다. 반듯한 마음으로 이마를 갖다 댔으니 시력도 반듯하게 나오지 않았을까 싶었다. "안경 다 됐어요."라는 말에 자리에서 일어났다. 그리고 안경을 받아들면서 물었다. "제 시력은 어느 정도예요?" "기존에 쓰시던 안경 도수랑 큰 차이는 없는데, 좀 더 선명하게 보일 거예요." 그러고는 "국산 최고급 렌즈라 3만 원입니다."라고 하셨다. 지갑에 있던 만 원짜리를 세 장 꺼내 드렸다.

새로운 안경을 쓰고 나오면서 안경원 간판을 한 번 더 보고 생각했다. '반듯한 마음으로 안경렌즈 추천해주신 거 맞죠? 창문에 걸려 있는 광고판에는 안경렌즈 1만 5천 원, 2만 원이라고 되어 있는데… 제 렌즈는 국산 최고급 렌즈 맞는 거죠? 믿을게요. 반듯한 마음으로 이마를 갖다 대라고 하셨으니까 저도 반듯한 마음으로 세상을 볼게요. 사실 마음이 삐뚤어진 사람이라 찝찝한 마음이 있지만 이해해주세요.'

저녁 7시 50분, 책방에 앉아 사람들을 기다린다. 저녁 워크숍을
진행하는 날이다. 가끔은 정말 그 누구와도 말을 하고 싶지 않을
때가 있다. 누군가의 이야기를 들어주고 말을 하는 그 에너지마저
도 고갈됐을 때다. 오늘은 그런 날이었다.

하나둘씩 사람들이 책방 안으로 들어왔다. "한 주 어떻게 보내셨
어요? 날이 덥죠? 저녁은 드셨어요?" 사람들에게 말을 건넨다. 내
가 먼저 말을 걸지 않으면 썰렁한 분위기를 어찌할 방법이 없다.
그러니까 그것이 내 임무다.

겨우 남아 있는 힘을 쥐어짜내 워크숍 전에 사람들과 이야기를 나누는데 한 분이 내 눈을 빤히 보더니 대뜸 말한다.

　　"피곤해 보여요."

그 순간 피곤해 보인다는 말이 고마웠다. 누군가 내 피곤함을 알아주고 있다는 사실이 퍽 힘이 됐다. 그때부터 왜 피곤한지에 대해서 말하기 시작했다. "종일 책방일 하고, 일이 끝나면 개인 작업을 해야 해요. 워크숍 준비도 해야 하고, 써야 하는 원고도 있고, 그러다보니 쉬는 날이 없어요. 자도자도 피곤하네요." 나는 신이 나서 피곤한 이유를 설명했다.

꽤 당황스러웠을 것이다. 그냥 얼굴에 눈그늘이 보여서, 생기가 없어 보여서, 아님 내가 묻는 안부를 적당히 끊어내고자 한 말이었을 텐데 거기다 피곤함을 설명하고 있다니.

그렇다 해도 나는 손님이 별생각 없이 내뱉은 말에 힘을 받았다. 그래도 누군가는 나의 피곤함을 알아채주는 사람이 있다는 게, 내

　　　　　　　　　　　　　　　　〔 찌질함 레벨 3 〕────

피곤함을 설명할 수 있었다는 게. 세상에, '예뻐 보여요'도 아니고 '피곤해 보여요'로 감동받아 힘을 얻는 사람이라니.

관심과 사랑이 필요한 스물아홉의 어느 밤.

눈길을
피했다

출근길 부평역에서 부천으로 가는 열차를 기다리는데 한 남자가 줄 서 있는 이들에게 말을 건다. "전화 한 통화만 쓸 수 있을까요?" 모든 이들이 고개를 저었다. 계속 거절을 당하는 남자는 개의치 않고 계속 사람들에게 물었다. 그 사람이 내가 있는 쪽으로 다가오고 있었다. 나는 자리를 옮겼다. 선뜻 핸드폰을 빌려줄 마음보다는 의심이 앞섰다. '통화하는 척하면서 핸드폰을 가져가면 어쩌지? 통화 요금 왕창 나오게 하는 신종 사기 수법인가?' 낯선이에게 핸드폰을 건네줄 수 없었다. 그렇게 자리를 피하고 남자를 계속 지켜봤다. 어느새 20대 초반으로 보이는 청년에게 다가간 그는 "전화 한 통화만 할 수 있을까요?"라고 물었다. 청년은 남

(찌질함 레벨 3) ─────

자에게 핸드폰을 건넸다. 남자는 번호를 눌렀고 통화를 시작했다. 청년은 여자친구와 대화를 하면서 계속 남자를 주시했다. 통화는 끝날 기미가 보이지 않았다. 동암에서 출발한 급행열차가 부평역에 다다르고 있었다. 청년은 어쩔 줄 몰라 했지만 남자에게 말을 걸지 않았다. 남자는 청년의 걱정은 개의치 않고 전화를 계속 이어나갔고, 열차에 탔다. 2미터 떨어진 곳에서 나는 청년과 남자를 계속 지켜봤다. 열차를 타기 전에 시작한 통화는 2분을 더 지속해서 송내에서 끝이 났다. 그 사이 청년은 불안한 눈빛으로 남자를 계속 주시했고, 핸드폰을 돌려받자 그제야 안도의 얼굴을 띠었다. 전화를 끝낸 남자는 다시 앉아 있는 승객에게 가서 "전화 한 통화만 쓸 수 있을까요?"라고 묻기 시작했다. 네 번의 거절이 있었고 남자는 옆 칸으로 옮겼다. 아마 그쪽 칸 승객들에게도 똑같은 말을 반복했겠지.

10년 전 서울역에서의 기억이 떠올랐다. 누군가 전화 한 통을 쓸 수 있느냐고 물었다. 나는 핸드폰을 건네주었고, 통화를 편하게 하라며 두 발자국 떨어져 있었다. 전화를 끝낸 사람은 핸드폰을 돌려주며 고맙다는 말을 했고, 나는 "아니에요."라고 말했다. 비슷한 시기 종로역에서 핸드폰 배터리가 다 된 적이 있다. 급하게 엄마에게 전화해야 하는 상황이었다. 공중전화는 보이지 않았고. 나는 지나가던 이에게 전화를 한 번만 빌릴 수 있느냐고 물었다. 그 사람은 "네, 쓰세요."라고 말하며 선뜻 핸드폰을 건네주었고, 통화를 마칠 수 있었다.

열아홉에서 스물아홉이 됐다.
타인을 믿지 않는다.
의심이 많아졌다.

타인의
깊이

예전에는 사람에 대한 호기심이 강했다. '나이는 몇 살인지, 어디 사는지, 어떤 취향을 가졌는지' 궁금했다. 그런데 어느 순간부터 타인에 대한 호기심이 멈췄다. 타인의 삶을 깊숙이 들여다보게 되는 순간 마주하게 되는 건 호기심 해결이 아니었다. 타인의 무게였다. 저마다 껴안고 있는, 드러내지 않았던 삶의 무게가 전해졌다.

왜 변했을까 생각했다. 내 삶이 벅찼다. 뭘 해야 할지 뭘 하고 싶은지도 모르는 상황, 옷을 하나 사는 일도, 먹고 싶은 음식을 사 먹는 일에도 몇 번이고 주저하는 삶이다. 타인의 무게를 마주하면 그 무게가 고스란히 나에게 전해져왔다. 누군가의 삶의 무게를 엿

보는 게 버거워졌다. 호기심도 자연스레 멈췄다. 깊이 알수록, 무거워진다. 저마다 깊은 곳에 감춰두고 살고 있었다.

나는
다를 줄 알았지

1.

"너네 엄마 왜 그러니? 여자가 말이야, 술을 너무 마셔. 아휴, 진짜."

집에 온 할머니가 전날 먹은 치킨박스와 맥주 한 캔을 보고 말
한다.

"할머니! 너네 엄마 아니고! 할머니 딸이야. 그리고 여자도 술 마셔도
돼. 할머니 아들들도 술 엄청 마시잖아. 앞으로 할머니 딸한테 직접 말
해. 손녀한테 딸 흉보지 말고."

2.

"반찬이 없네. 근데 너네 엄마는 왜 미역국에 양파를 넣니?"

"아빠, 아빠 부인이야. 나도 미역국에 양파 넣는 건 이해 못하겠지만, 양파 없는 미역국 먹고 싶으면 직접 끓여 먹어. 돈은 둘 다 버는데 음식은 엄마만 하는 거 불공평해. 이제 아빠도 밥 하고 반찬 만들어."

직접 말하지 못하는 가족들. 나는 매번 가족들에게 그러지 말라고 한다. 그리고 며칠 후.

"야, 너네 엄마 왜 그래? 갑자기 청소한다면서 막 깨우잖아."

"언니, 언니 엄마야. 엄마한테 가서 직접 말해. 나한테 말하지 말고."

아… 나도 똑같네.

(찌질함 레벨 3)

난 언제까지 지금의
삶을 살 수 있을까?

서울의 인적 드문 곳 지하에 있던 작은 책방. 지하철을 세 번 갈아
타고, 버스를 한 번 더 타야 갈 수 있는 곳이다. 지하실에서 느껴
지는 곰팡이 냄새도, 사장님과 나누는 대화도 좋아 종종 찾아갔던
곳. 어느 날 책방 사장님이 책방을 접고 제주도로 내려간다는 소
식을 전해왔다. 오랜 시간 자리를 지키며 책방 아저씨로 남아 있
을 줄 알았는데 말이다.

지금 일하고 있는 책방이 떠올랐다. 우리 책방은 얼마나 더 자리
를 지킬 수 있을까? 나는 책방 직원으로 얼마나 지낼 수 있을까?
1년? 3년? 5년? 그럼 이후에는 뭘 해야 하지? 전문 기술이 없는

데? 뭐하지? 책방을 차릴 생각은 없는데?

꼬리에 꼬리를 무는 질문을 하다 보니 2년 전 내가 떠올랐다.

    "회사를 언제까지 다니지?"

    "이 일은 언제까지 할 수 있을까?"

    "5년 후에는 무슨 일을 하지?"

    "아, 나 어떡하지?"

결국 회사를 나왔다. 지금은 생각지도, 계획하지도 않았던 일을 하며 산다. 5년 후에 어떤 일을 할지는 여전히 모른다. 하지만 지금 잘 살고 있는 걸 보니, 지금의 고민 역시 부질없다는 생각에 이르렀다.

지금 걱정해야 할 일은, 오늘도 혼자 청소를 해야 한다는 것이다. 사장님은 '지하철 멈춤, 오늘도 늦음'이라는 카톡을 보내왔다.

결혼하기
힘들겠다

오랜만에 옛 동료를 만났다. 2년 전 고단했던 밥벌이의 기억이 웃으며 나눌 수 있는 추억이 됐다. 함께 일했던 동료들의 소식까지 나눈 후 우리는 서로의 근황을 묻기 시작했다.

"지금은 무슨 일 해?", "아, 제가 책을 썼는데…"라며 조심스레 말을 꺼냈다. '우와, 책이라니' 하는 신기한 반응도 잠깐, 바로 질문이 날아든다. "그걸로 밥벌이가 돼?" 물론 밥벌이는 안 된다. 괜히 쪼그라들었다. '기특하네' 혹은 '대단하네'라는 말을 기대했던 것과는 달리 밥벌이가 걱정되는 일을 하고 있다는 사실만 크게 들릴 뿐이었다. 그냥 대충 다른 주제로 넘어가서 이 순간을 모면했어야 하는데 괜히 또 말을 덧붙였다. "아 사실… 책도 쓰고요… 온라인 마켓 운영하면서 돈도 벌어요."라고 말했다. 사실 온라인 마켓은 이미 손 놓은 일이었다. 밥벌이가 안 되는 일을 하는 것으로 비치는 게 불편해서 그렇게 내뱉고 말았다. 그제야 걱정을 덜은 듯한 동료는 "그렇지, 밥벌이가 있어야지."라고 말했다. 대충 그 질문이 마무리를 짓자 곧바로 연애 문제로 이어진다.

"그래서 지금은 남자친구 있어?" 또 작아지는 질문이다. "아… 아뇨."라고 말했다. 물론 "지금은 연애할 생각 없어요."라는 말을 덧붙이는 것도 잊지 않았다. '이 주제도 나를 위한 주제는 아니야. 빨리 다른 주제로 넘겨서 달갑지 않은 상황을 벗어나야겠어' 싶은 찰나, 조언을 빙자한 비수가 날아든다. "근데 결혼하기 힘들겠다." 결혼하기 힘들겠다, 는 무슨 말일까 싶어 왜냐고 되물었다. "안정적인 직업이 아니잖아. 물론 좋아하는 일을 하고 있지만, 너무 불안한 삶 아니야? 대부분 전문직 여성을 선호하잖아. 이제 나이도 있고. 그리고 글 쓰는 거 계속할 거면 더 답 없고… 현실적으로 그렇잖아." 악의는 없겠지만, 아니 없다고 믿고 싶지만, 어쨌든 현실적인 상황을 일깨워주는 답이었다. 나는 바보같이 아무 말도 하지

(찌질함 레벨 3)

못했다.

그 이후 들려오는 말은 내 귀에 들어오지 않았다. 머릿속은 온통 '결혼하기 힘든 조건의 사람으로 규정된 나'로 꽉 찼다. '뭐야, 내가 왜 결혼하기 힘든데? 내가 그 정도로 별로인 건가? 아니지, 당신이 뭔데 날 판단해? 아, 나 잘못 사는 건가?' 오랜만에 동료를 만나 반가웠던 마음은 이미 사라졌다. 기분이 나쁘면서도 '저 그 말은 좀 실례가 되는 말 아닌가요?'라고 말도 못했다. 그 말을 듣고도 "아, 그래요?" 하면서 그냥 허허 웃기만 했다. 만남을 파하고 집으로 돌아가는 길. 뾰족한 마음을 옛 동료가 아닌 나에게 돌렸다. '너 지금 잘 살고 있는 거 맞아? 뭐 좋은 말이라고 그런 말을 듣고 허허 웃어? 진짜 내세울 게 하나도 없네. 나이도 있는데 이제는 제대로 사람 구실해야 하는 거 아니야?' 타인의 삶을 이리저리 재단해서 내뱉은 말에 나는 구겨졌다. 상대는 구겨질 줄 모르고 내뱉은 말이었겠지만, 나의 구겨진 마음은 쉽게 펴지지 않았다.

잠들기 전, 침대에 가만히 누워 천장을 올려다봤다. '결혼하기 힘들겠다'라는 말이 계속 머릿속에 맴돌았다. '틀리지 않은 말 같기도 하고. 아니, 그래도 그렇지!' 하면서 대화를 곱씹다 멈춰 생각 했다. '아, 이럴 줄 알았으면 조각 케이크는 사지 말걸… 반가운 마음에 커피에 케이크까지 내가 샀는데… 괜히 샀다.'

정신없이 음료를 만들고 틈틈이 책을 팔았다. 한숨 돌리고 자리에 앉아 책을 보는데 방금 책을 산 손님이 음료를 주문하고는 대각선에 앉아 말을 건넨다. "혹시 손님이 말 걸면 싫으세요? 5km 블로그랑 인스타그램 되게 재미있게 보고 있어요. 오직원(책방에서 나는 오직원으로 불린다)님 너무 궁금했는데, 실제로 뵈니까 신기해요. 예쁘세요." 손님들이랑 대화 나누는 건 좋지만, 사실 오늘은 조용히 책을 보고 싶었다. 하지만 예쁘다는 말에 홀라당 넘어가서는 "저 말하는 거 엄청 좋아해요."라며 대화를 시작했다.

"SNS로 보이는 오직원님의 이미지가 밝고 꿋꿋해 보여서 정말 좋았어요. 저는 감정 기복이 심하거든요. 작은 말에도 쉽게 기분이 가라앉고 그래요. 회사에서 조금이라도 혼나면 바로 풀이 죽어요. 그런데 오직원님은 오사장님의 구박에도 늘 꿋꿋하셔서 부러워요."

꿋꿋하긴 하지만 사실 나도 똑같다. 예민한 건지 소심한 건지 지나가는 말과 행동에도 괜히 풀이 죽는다. "이거 아닌데요. 다시 해주세요."라는 말에 겉으로는 아무것도 아닌 척 "네, 알겠습니다."라고 대답하지만, 속으로는 '하… 휴…' 한숨만 수십 번이다. 사람인데 어찌 매번 '외로워도 슬퍼도 나는 안 울어'를 부르며 밝게만 살아갈 수 있겠는가?

손님에게 말했다. "저도 똑같아요. 쉽게 풀죽고 그래요. 지하 100미터 땅굴 팔 때도 있어요. 금방 털어내지 못하고 며칠 내내 풀죽어 있기도 하고요. 그러니까 많이 우울해하지 마세요." 손님은 환하게 웃었다. 그러고는 마음이 조금 편해졌는지 다른 손님들과도 웃으며 이야기를 나눴다.

그리고 15분 후, 3층 책방에 다녀온 나는 그 손님이 남자친구와

(찌질함 레벨 3)

함께 하하 호호 대화를 나누고 있는 장면을 목격했다.

다음엔 내가 손님에게 먼저 말을 건네야겠다.

"손님, 제가 감정 기복이 좀 심해요. 혼자 잘 지내다가도 남들 연애하는

거 보면 기분이 가라앉고 그래요. 손님은 연애하고 계시니 부럽네요."

그때 손님은 뭐라 대답을 해줄까?

4

백

원

아침 9시 30분, 부천역 지하상가 대부분의 점포에는 셔터가 내려져 있다. 내려진 셔터 속에서도 불빛이 새어 나오는 곳이 있다. 맥도널드. 지금까지 아침에 맥도널드 가본 게 손에 꼽을 정도다. 먹기 위해 일찍 일어나는 부지런한 사람은 아니다. 식탐은 많지만 부지런하지 않은 사람. 오늘은 어쩐 일인지 맥도널드에 가고 싶었다. 사실은 며칠 전 인터넷에서 누군가가 찍어 올린 맥도널드의 신메뉴를 봤다. 그 사진을 보니 먹고 싶어졌다. 이럴 때 보면 욕구라는 것도 어쩌면 진짜 욕구가 아니라 타인의 욕구를 탐내는 것 같다.

맥도널드에 들어갔다. 큰 메뉴판에는 신메뉴가 한 칸을, 기존메뉴들이 나머지 한 칸을 차지하고 있었다. 3천 9백 원, 먹으려고 했던 신제품 맥모닝 세트의 가격이다. 하지만 나는 이내 고개를 돌려 기존 맥모닝 메뉴를 확인했고 치즈 베이컨 맥모닝 세트를 시켰다. 3천 5백 원. 그러니까 그게 참 이상한 거다. 먹으려고 했던 건 3천 9백 원짜리 맥모닝 세트인데 나는 왜 3천 5백 원짜리를 시켰을까. 그 순간 생각했던 거다. 아침 끼니로 지불하는 적정 비용을. 4천 원에 가까운 신메뉴와 3천 원과 4천 원의 딱 중간인 치즈 베이컨 맥모닝.

4백 원 차이로 먹으려고 했던 신메뉴를 결국 고르지 않았다. 돈을 벌고 있는데도 나는 왜 4백 원에 작아지는가.

견디면
좋은 날이 올까?

지금 당장은 고단하지만 계절을 지나면, 겨울이 오면 여유가 생기겠지 싶은 마음으로 참는다. 그때는 한 번도 가보지 못한 속초로 여행을 갈 생각이다. 짧지만 제주도에도 다녀오고, 출근 전에는 카페에서 글을 쓰는 대신 영화관을 향하겠지. 아마 월, 화, 수, 목 금, 일주일 동안은 부지런히 영화를 보겠지. 퇴근해서는 예능 프로그램을 보고, 친구들을 만날 수도 있고. 그런 생각을 하면 꽤 힘이 된다. 하지만 분명 그 시기가 오면 별다를 것 없는 일상을 보낼 것이다. 여행 갈 수 있는 시간이 주어지지만 귀찮아서 가지 않을 것이다. 영화를 보긴 하겠지만 매일 볼 만큼의 보고 싶은 영화는 없을 것이다. 사실 예능 프로그램과 영화는 지금도 보고 있다.

(찌질함 레벨 3)

친구들도 이따금 만난다. 그런데도 그 순간을 상상하면 괜히 기분 좋다. 지금의 고단함을 견뎌내면 왠지 좋은 날이 올 것 같은 느낌, 분명 별다를 것 없는 시간을 보낸다는 걸 숱한 경험을 통해서도 알고 있는데도 말이다.

수능을 준비하던 열아홉 그때, 그 시간만 견디면 좋은 날이 올 거라고 생각했다. 좋은 날은 왔지만, 대학에 합격했다는 사실을 안 그때뿐이었다. 적성에 맞지 않고 버거운 전공 공부를 하느라 꽤 힘들었다. 부지런히 자격증을 준비하고 이력서와 자기소개서를 쓰면서 취업 준비를 하던 그때에도 견디면 취업이라는 좋은 날이 올 줄 알았지만, 좋은 날은 합격이라는 말을 듣고 첫 월급을 받았을 때뿐이었다. 고된 밥벌이의 생활은 녹록치 않았다.

그러니까, 어쩌면 그 찰나의 순간을 위해 계속 견디는 건 아닐까 싶다.

견디면 좋은 날은 온다. 다시 또 견디는 삶을 살아야겠지만.

지금의 고단함을 견뎌내면 왠지 좋은 날이 올 것 같은 느낌,
견디면 좋은 날은 온다.
다시 또 견디는 삶을 살아야겠지만.

나는
누구인가?

비 오는 한가로운 주말, 책을 계산해주는데 손님이 나에게 묻는다. "혹시 오직원님이세요?" 그렇다고 대답하자 그분은 "글이랑 똑같아요."라고 말했다. "아? 어떤데요?"라 물으니 글에서 밝고 장난스러운 게 실제로도 그렇다고 말한다. "아! 그런가요." 하며 나는 웃었다.

비가 그친 늦은 오후, 책방을 지키고 있는데 손님이 묻는다.

    "혹시 오직원님이세요?"

    "네, 맞아요."

"일기 재밌게 보고 있어요. 일부러 찾아왔어요."

"아! 정말로요? 감사합니다."

"그런데 실제로 뵈니까 다르네요?"

"네? 어떻게 다른데요?"

"글에서는 개구쟁이 느낌이었는데 실제로는 매우 차분하고 조용하시네
요."

똑같은 글을 보고, 똑같은 나를 보고서는 한 사람은 장난스럽다
고, 다른 한 사람은 조용하다고 말한다. 나는 하나인데 나를 보는
두 명의 사람들은 다르게 보고 있다.

나는 어떤 사람인가?

우정보단
사랑

친구들이 연애를 하고 제 짝을 만나 결혼을 한다. 그래서 나는 내 마음을 100% 이해할 수 있는 똑같은 처지의 친구를 그 어느 때보다 자주 만나고 있다. 만날 수 있는 친구들이 어째 갈수록 줄어든다. 누구보다 서로를 이해하는 우리는 둘이서 즐겁게 저녁을 먹는다. 들려오는 친구들의 결혼 소식과 육아 소식에 심드렁해하다가도 "여기 락교랑 단무지 좀 더 주세요.", "사이다 한 병요."라고 말할 때만큼은 그 어느 때보다 밝다.

누가 보면 며칠 굶은 사람들처럼 허겁지겁 밥을 먹고 "배 터질 것 같아." 말해놓고 기어코 카페에 가서 음료수로 배를 또 채운다.

"아, 행복해. 이게 진짜 행복 아니냐? 둘이서 맛있게 저녁을 먹을 수 있는 돈이 있고, 차까지 마실 수 있다니. 진짜 행복해." 딸기 주스를 마시며 내가 말하자 친구는 "야, 그래서 말인데 난 네가 연애하면 충격이 클 것 같아. 그냥 우리 둘이 잘 지내자. 나한테는 너밖에 없어. 너 빼고 다 연애 중이거나 결혼했어."라고 말했다. 나 역시 "나도 그래."라고 대답하면서 지금 이 순간이 너무 좋다고 말했다. 하지만 힘주어 덧붙였다. "야, 그래도 아무리 이 이 순간이 좋고 네가 많이 의지가 된다 한들 그래도 연애는 내가 먼저 할 거다."

친구야, 넌 마지막으로 남은 나를 잃고 힘들어하게 될 거다.
미안, 난 우정보다 사랑이란다.

말하지
못했다

토요일 오후, 손님이 책을 찾는다.

"혹시 XXX라는 책 있어요?"

입고하고 후회했던 책이다. 보통 책방에 있는 책들은 팔기 전에 읽어보는데, 읽는 내내 얼굴이 찌푸려졌기 때문이다. 저마다 자신의 이야기를 담는 독립출판물의 특성상, 다양한 사람의 다양한 이야기가 있다고 생각한다. 하지만 그 책은 무례했다. 약자를 무시하는 발언을 아무렇지도 않게 내뱉었다. 그런데 하필 팔면서도 찝찝한 그 책을 손님이 콕 집어 찾는 게 아닌가?

"잠시만요. 샘플 보여드릴게요." 그 책의 샘플을 보여주었다. 사실 보통 누군가가 책에 관해 물어보면 "이 작가님은요, 이 책은요." 하면서 신나게 책 설명을 하는데 그 책을 건네주고는 아무 말도 할 수 없었다. 고민이 됐다. '사실… 이 책 별로예요. 읽어보시면 알 텐데, 진짜 별로예요'라고 말할까 말까 망설이는 사이 손님이 말했다.

"이거 주세요."

"아, 이 책요?"

"네."

"손님이 읽으실 거예요?"

"아뇨. 친구한테 선물하려고요."

"아…"

고민이 됐다. '지금이라도 말할까? 말까?'

나는 곧 말했다.

"만 원입니다."

〈 찌질함 레벨 3 〉 ──────

매출 앞에서 작아졌다. 그 한 권을 팔아서 남는 수수료는 3천 원. 3천 원을 벌겠다고 차마 그 책이 별로라는 말을 하지 못하고 다른 책을 권하지도 못한 채 책을 팔았다.

'손님의 친구분에게는 좋은 책이 되길 바라는 마음이다'라고 끝맺을 수도 없다. 그 책은 정말 별로였으니까. 3천 원을 벌기 위해 입을 꾹 다물고 말았다.

소독이여, 소독이여, 소독이여

쉬는 월요일이다. 쉬는 날에는 그 어느 때보다 더 시간을 잘 보내야 한다는 강박감이 있다. 딱히 가고 싶은 곳도 가야 할 곳도 없지만 우선 씻고, 옷을 입는다. 가만 생각해보자. '요 며칠 가장 결핍이 있었던 건 뭘까?' 오래 걸리지도 않았다. 단연 읽고 쓰는 온전한 혼자만의 시간이 부족했다.

집 밖으로 나가려는 마음을 밀어내고 식탁에 앉아 책을 읽는다. 얼마나 지났을까, 어디선가 "소독이여, 소독이여, 소독이여."라는 말이 들린다. 가만히 '소독이여'라는 말을 들어보니 패턴이 보인다. 우선 벨을 누름과 동시에 "소독이여."라는 말을 하고, 이내 현

　　　　　　　　　　　(찌질함 레벨 3) ───

관문을 세 번 두드리며 "소독이여."를 한 번 더 말한다. 그리고 마지막으로 현관문을 세 번 또 두드리며 "소독이여."라고 말한다. 한 집마다 세 번이나 '소독이여'를 외친다.

집에 사람이 있는 경우에는 보통 두 번의 '소독이여' 만으로도 집 안에 들어가 소독을 하고 나올 수 있다. 하지만 들리는 소리를 분석해본 결과, 사람이 있는 집보다는 없는 집이 더 많다.

계산기 두드리며 계산을 했다. 아파트 한 라인에서만 그녀는 68번에서 102번 정도 '소독이여'라는 말을 한다. 아파트 한 동, 아파트 전체가 되면 그 숫자는 어마어마하다. 내가 평생 같은 말을 그렇게 내뱉은 적은 없었던 것 같다.

모두 저마다의 언어를 갖고 노동을 한다. 나의 언어는 '안녕하세요'와 '안녕히 가세요'로 책방과 카페에 온 손님들에게 인사를 건네는 것, '이 책은요' 하면서 책을 소개하는 것, '아메리카노 4천2백 원 결제해드릴게요' 하며 커피를 파는 것. 얼마나 지속될지는 모른다.

2년 전에는 김주임의 언어로 노동을 했고, 3년 전에는 상담사의 언어로 노동을 했다. 언젠가는 내가 '소독이여'의 언어로 노동을 할 수도 있고, '소독이여'로 노동을 하고 있는 그녀는 또 다른 노동을 할 수도 있겠지.

앞집에서 소독을 끝낸 그녀는 우리 집 현관문을 두드렸다. "소독이여!"라는 말을 듣자마자 나는 현관문을 열었다. "저희는 괜찮습니다." 말하며 박카스를 건넸다. "아… 그래도 소독하시는 게 좋을 텐데…" '저 혼자 집에 있는 일이 거의 없어요. 오늘 같은 날 소독약 냄새와 함께 휴일을 보낼 순 없어요. 벌레가 보이면 제가 청소기로 빨아들이거든요. 걱정 안 하셔도 돼요'라고 구구절절 말하지는 않았다. "곧 손님이 오셔서요."라고 말하자 그녀는 "그럼 약 드리고 갈게요." 하면서 약을 내 손에 쥐여주었다.

이후 26번의 '소독이여'가 들렸고, 더 이상은 들리지 않았다.

〈 찌질함 레벨 3 〉 ──────

생각지도 못한 순간 입으로 내뱉어진 한숨.

옆자리 손님도

나도 놀랐다.

어쩌다 난 내 한숨도 감추지 못하게 됐을까?

(찌질함 레벨 4)

(어쩌면 별것 아닌 일)

힘

빼세요

신경 치료를 하기 위해 치과를 찾았다. 진료 의자에 앉으면 '징'
하는 소리와 함께 의자가 뒤로 젖혀진다. 그러고는 "아, 해보세
요." 하는 말이 들린다. '아' 하고 있으면 옆에서 분주히 준비하는
소리가 들린다. 고개를 오른쪽으로 16도 정도 돌렸더니 기다란 바
늘과 쇳덩어리들이 보인다. 보기만 해도 소름이 끼친다. "이제 마
취할 거예요. 아프면 왼손을 드세요." 마취를 위한 주삿바늘이 잇
몸을 찌른다. 배 위에 가지런히 올려놓았던 손에 힘이 들어가면서
주먹을 쥐게 된다. 온몸이 순간 얼고, 등에서는 땀이 흐른다. 그러
자 의사 선생님은 "힘 빼세요. 힘주면 더 아파요."라고 말한다. 지
금 내 몸의 일부를 바늘로 찌르겠다는데 힘 빼고 차분하게 받아

들이라고요? 라는 눈빛을 보낸다. 물론 의사 선생님과 간호사는 그 눈빛을 확인하지 못한다. 얼굴을 뒤덮은 초록색 얼굴 포는 입 부분만 뚫려 있기 때문이다. 마취주사를 놓는 세 번 동안 나는 결국 단 한 번도 힘을 빼지 못했다. 잔뜩 힘을 준 상태에서 치료를 마쳤다. 오른손으로 왼쪽 턱을 부여잡고 집에 오는 길에 '힘 빼세요'라는 말이 계속 맴돌았다.

힘을 내야 하는 순간에 '힘 빼세요'는 아무래도 아닌 것 같다. 힘을 빼야 할 때는 가령 다섯 살 아이와 놀아주며 팔씨름을 할 때다. 힘을 빼고, 아이에게 져주고 아이의 웃는 얼굴을 보는 것이다.

앞으로 치과에 갈 때마다 계속 힘을 더할 거다. 힘을 더하고 더해서 긴 주삿바늘의 고통도 잘 참아낼 거다. 좀 더 힘을 내서 몸속의 모든 세포가 고통에서 벗어날 수 있게 할 거다. 그러니 힘 빼라고 말하지 마세요. 그냥 '힘내세요'라고 해주세요.

〈 찌질함 레벨 4 〉

생활비
준 적 있어?

카페에 오면 매번 옆 테이블 대화에 귀를 기울이게 된다. 목소리 톤이 점점 높아지는 대화에는 보통 웃음기가 하나도 없다. 시선을 다른 곳으로 두고 옆 테이블의 대화를 듣는 일에 집중한다. 여자가 남자에게 말한다. "생활비 준 적 있어? 있냐고? 애들한테 버릇 없다는 둥 뭐라고 할 자격 없어. 당신은 아빠 자격 없어."

남자는 아무 말 없이 여자의 말을 듣는다. 여자는 몇 번의 원망 담긴 말을 내뱉더니 이내 진심인지 홧김에 내뱉는지 모를 말을 한다. "그만 살자." 지금껏 모든 말을 묵묵히 듣고 있던 남자가 자리에서 일어선다. 손도 대지 않은 아메리카노와 뜯지도 않은 빨대를

놔둔 채 밖으로 나간다. 여자는 빨대가 꽂힌 반 정도 남은 아메리카노를 남긴 채 뒤따라 나간다.

건너편 테이블에는 남겨진 커피 두 잔만 덩그러니 테이블에 놓여 있다. 시간이 꽤 흐르자 다시는 돌아오지 않으리라 판단한 점원은 커피를 치운다. 옆자리 테이블이 치워지자마자 두 남자가 자리에 앉는다.

"야! 소개팅 할래?"

"됐어."

"왜, 외롭다며?"

"연애도 돈이 있어야 하지. 남은 학자금 갚으려면 한참 남았다. 월급은 쥐꼬리지, 생활비로 쓰기도 벅차다. 나한테 연애는 사치야."

모든 관계의 끝에는 '돈'이 있다.
누군가는 돈 때문에 관계를 시작하지 못하고,
누군가는 돈 때문에 관계를 끝낸다.

〈찌질함 레벨 4〉

상처를
주고받고

"너는 너무 차갑게 말해. 그래서 가끔 상처받아."

족발을 시켜서 식탁에서 먹고 있는 중에 소주 반병을 비워낸 엄마가 한 말이었다.

"내가 차갑다고?"

"응."

"어떤 면이?"

"맨날 '응', '어'라고 대답하고 엄마 편도 안 들어주고 가르치려고 하잖아. 이건 이렇게 해야 한다, 저건 저렇게 해야 한다, 하면서."

엄마는 생마늘 세 개를 넣은 쌈을 입에 가득 넣고는 말을 이어나
갔다.

"사실 우리 집 애들 다 차가워."

술 마시는 엄마를 좋아하지 않고, 술 마시는 이가 뱉어내는 말은
보통 다 흘려듣지만 '상처받아'라는 말은 계속 걸렸다. '엄마한테
미안하네. 엄마가 상처받았구나, 잘해야지'라는 생각은 들지 않았
다. '왜 자식들은 엄마의 차가운 말로 상처받았을 거라고 생각 안
할까?'라는 마음이었다. 술의 힘을 빌려 속내를 보인 엄마. 술의
힘을 빌리지 않고 '나도 상처받았다'라고 말하지 못하는 나는 억
울했다.

"좀 더 좋은 대학 갈 줄 알았는데…"
"미국까지 보냈는데…"
"나이가 몇인데 남자친구도 없고…"

한때는 가장 가까웠던 사이였지만 지금은 상처를 주고받는 사이

가 됐다. '나도 상처받았어'라고 말은 못하고 속으로 삭힌다.

엄마는 내게 줬던 상처를 기억하지 못할 것이고, 나 또한 엄마에게 줬던 상처를 기억하지 못하겠지.

매너에
관하여

출근길 지하철을 탄다. 인천 1호선 지하철을 타고 부평역에서 내린다. 수십 개의 계단을 오른다. 서울 방향 1호선 열차를 타기 위해 줄을 서서 기다린다. 빈자리 경쟁이 없다시피 한 인천 1호선 지하철을 타고 온 나는 줄을 섬과 동시에 예민해진다. '열차가 전역을 출발하였습니다'라는 전광판 알람이 뜨면 줄 서 있는 게 무의미해진다. 지하철 문 양쪽의 줄이 갑자기 네 줄로, 다섯 줄로 변한다. 열차가 부평역에 도착하고 문이 열린다. 안에 있던 사람들이 내리기도 전에 열차 안으로 먼저 들어가려는 사람들이 보인다. 그들은 들어감과 동시에 비어 있는 자리를 쟁취한다. 열차 안에서 내리려는 사람들의 미간은 찌푸려진다. 나는 안에 있던 승객들이 내린 후 그제야 지하철에 탄다. '아, 정말! 승객들이 다 내리고 타야죠! 그렇게 막무가내로 먼저 열차를 타려고 하면 어떡해요!'라는 말은 못했다. 눈빛으로는 말했다.

천장에 달린 손잡이에 의지해 겨우 버티고 서 있는데 여기저기서 통화 소리가 들린다.

"어제 소개팅을 했는데 말이야."

"거긴 비 안 왔어? 아이고 말도 마, 여기는…"

"아니, 지금 가고 있다고요. 어디냐구요? 부천요. 아니, 아직 부천요."

마치 누구 목소리가 더 큰지 대회를 여는 것처럼 시끄럽다. 참을 인을 27번 새기며 마음을 억눌렀지만 더 이상 참을 수 없었다.

'저기요, 지하철에서 큰 소리로 통화하시면 다른 승객들이 불편하잖아요. 문자로 하거나 입으로 손을 가리는 시늉이라도 하면서 조용히 통화하세요'라는 마음을 담은 눈빛으로 쳐다봤다.

하지만 눈빛은 늘 아무런 효과도 없다. 일주일에 5일을 그렇게 하는데도 말이다. 눈빛만으로는 역부족이다. 도저히 안 되겠다 싶어 열차에서 내릴 때 먼저 비집고 들어오는 이들에게 말했다. "내리고 타는 거예요." 물론 귀를 기울여야 겨우 들을 수 있는 정도의 소리다. 이따금 그 작은 소리를 듣고 누군가 나를 힐끗 쳐다봐도 문제없다. 난 내리는 사람, 그는 타야 하는 사람.

이렇게 말하다보면 언젠가는 효과가 있겠지?

돈 많으면
좋지 뭐

꼭 비슷한 시기에 화장품들이 약속이나 한 듯 빈 용기를 내보인다. 게으름 피우다가는 동생 방문을 노크하며 구걸하게 될까 봐 화장품을 사러 갔다. 필요한 건 수분크림과 토너, 클렌징티슈. 쓰던 걸 꼭 써야 하는 건 아니라 돌아다니면서 적당히 좋아 보이고 적당히 부담스럽지 않은 가격대의 제품들을 찾는다. 많이 본 듯한, 누군가가 좋다고 말했던 제품들을 비교한다. 그리고 하나씩 바구니에 담는다. 필요한 제품들을 사고 나서는 다시 천천히 구경한다. '우와, 이런 것도 있어? 와, 이거 좋아 보인다. 이거 써보면 좋을 것 같은데?' 싶은 제품들이 즐비하다. 천천히 둘러보다보니 손톱강화제가 보인다. 요 며칠 쉽게 갈라지는 손톱이 생각났다.

두 개 제품을 비교하고는 하나를 집어 들었다. 또 한 바퀴 천천히 돌다보니 헤어팩이 보인다. 파마와 염색으로 푸석해진 머릿결이 떠올랐다. 바구니에 넣었다. '자, 이제 살 거 다 샀다. 계산해야지' 싶어 계산대로 가는 길, 스낵 코너에 발이 묶였다. 매장에 있는 상품들에 비해 부담스럽지 않은 금액대의 초콜릿과 군것질거리. 소비자의 심리를 꿰뚫은 마케팅에 걸려들었다. 과자 몇 개와 초콜릿을 바구니에 담았다. 줄을 서며 기다리는데 '특별 세일' 매대에 눈길이 간다. '가만 보자… 팩 50% 세일? 수분크림 1+1?' 고민하고 있는 찰나 '다음 손님' 부르는 점원 덕에 소비의 유혹을 막을 수 있었다.

집으로 돌아왔다. 사 온 물건들을 바닥에 펼쳐놓았다. 화장대로 갈 녀석들은 화장대로, 화장실로 갈 녀석들은 화장실로 보냈다. 선풍기를 틀어놓고 매니큐어보다 비싼 손톱강화제를 손톱에 바르고 있는데 동생이 묻는다. "뭘 이렇게 많이 샀대?" 물건을 펼치면서 딸려 나온 영수증을 보고 하는 말이었다. "많이 샀나?" 되물었더니 "응, 원래 이렇게 안 사잖아."라고 말한다. 나는 "그냥 다 필요해서."라고 말하고는 생각했다.

〈 찌질함 레벨 4 〉 ────

책방에서 일하면서 고정적으로 들어오는 월급이 생겼다. 책을 팔고, 원고를 팔고, 워크숍을 하면서 돈을 번다. 수입이 들쑥날쑥한다. 매년 발표되는 직장인 평균 연봉 근처에는 미치지 못한다. 퇴사 이후 근 1년 동안은 돈을 번다고 할 수 없었다. 벌긴 하지만 버는 돈보다는 쓰는 돈이 많았다. 그러다보니 필요한 것만 사야 했다. 그마저도 많이 알아보고 또 알아보며 검색한 후 샀다. 얼굴에 쓰는 화장품은 샀지만 손톱까지 신경 쓸 여력은 없었다. 그런데 이제는 손톱의 영양까지 신경 쓸 여력이 생겼다.

고정적인 수입이 생기기 전보다 돈을 쓰면서 관대해지고 쇼핑이 여유로워졌다. 머릿속으로 '이게 다 얼마야? 통장 잔액 얼마 남았지?' 하며 머리 쓰지 않는다. 사실 여전히 머리는 쓰지만 크게 개의치 않는다. 쓰는 돈보다 버는 돈이 많다는 사실에 꽤 감동하고 있다.

'돈보다는 내가 더 중요해. 내 시간을 갖는 게 더 중요해' 라고 생각했다. 하지만 돈이 많아도 좋겠다는 생각을 한다. 머리 쓰지 않고 소비할 수 있는 삶. 이렇게 쓰긴 했지만 일이 몰려 있을 때는 땅굴을 파면서 '안 쓰고 안 벌면 되지… 내가 왜 한다고 했을까? 힘들고 피곤해. 지쳤어'라고 생각한다.

그러면 또다시 도돌이표. 피곤해하지 않고 돈을 많이 벌 수는 없을까?

조만간
보자

한동네에 살고 있는 친구와 나의 집은 걸어서 10분. 10분이면 마주 앉아 서로의 눈을 보며 일상을 나눌 수 있다. 이틀에 한 번꼴로는 카톡을 한다. 3일에 한 번꼴로 짧게 통화를 한다. 10분 거리에 살면서 한 달을 못 보고 있는 친구와 만나기로 했다. 먼저 카페에 자리를 잡았다. 퇴근하는 친구를 기다리며 핸드폰을 만지작거리는데 카톡이 온다.

"나 피곤해, 그냥 집으로 갈게. 조만간 보자."

갑자기 약속을 깼지만 화가 나진 않았다. 피곤할 수 있다고 생각했다. 가까운 사이니 솔직하게 말할 수 있지. 하지만 '조만간 보자'라는 말이 영 걸렸다.

'조만간 보자'는 말에 '아니, 안 봐'라고 대답했다. 놀란 친구는 왜 그러냐고 물었다. 조만간 보고 그런 거 안 할 거라고, 그건 봐도 그만 안 봐도 그만인 말이라고, 결국 조만간 보지 못해서 매번 미루며 내뱉는 핑계일 뿐이라고 내가 말했다. '언제 밥이나 한 번 먹자'와 다를 바 없다고. 길에서 우연히 연락이 끊긴, 아니 연락할 만큼 친하지 않은 동창을 만났을 때 내뱉는 말이라고. 나는 조만간 너를 볼 생각이 없다고. 시간을 내서 약속을 잡고 만나고 싶다고. 친구는 웃으며 말했다.

"조만간 국수 먹으러 가자."

아마도 그 조만간은 '조만간' 오지 않고 계속 미뤄질 것이다.

꼰대와
누나 사이

출근길, 지하철역으로 가기 위해 아파트 단지를 빠져나오는데 놀이터에 교복 입은 아이들이 보인다. '놀이터에서 뭐 하나, 그러다 지각한다'라는 생각을 하며 핸드폰으로 눈을 돌리려던 찰나, 중학생 남자아이 세 명의 손에 쥐어진 길이 8센티, 지름 0.3센티의 흰색 물체가 보였다. 그렇다. 이 녀석들은 지금 등굣길 아침에, 아파트 단지 놀이터에서 담배를 피우는 중이다. '와, 이놈들 좀 봐라. 아침부터 사람들 다 보이는 곳에서 담배를 피워? 교복 입고? 중학생이?'라는 생각이 들어 발걸음을 놀이터 쪽으로 옮기려 했지만, 몸이 따라주지 않았다. 1:3은 쉽지 않다. 그것도 상대가 혈기왕성한 중학생들이라면. 세 명이 아니라 두 명이었다면 가서 말했을 거다. '누나도 그럴 때가 있었다. 그런데 누나는 상도덕은 지켰어. 인마, 사람들 다 보이는 데서 교복 입고 담배 피우는 건 무슨 자신감이냐? 뭘 그렇게 대놓고 피워? 당장 끄고 좋은 말로 할 때 얼른 학교 가. 너네 한 번 더 이렇게 걸리면 누나가 가만 안 있는다.' 한 살 만 더 어렸어도 중학생 남자아이 세 명쯤은 거뜬히 제압할 수 있었는데 아쉽다. 결국 아침 아파트 놀이터에서 담배 피우고 있는 아이들을 뒤로하고 역으로 향했다.

지하철에 자리를 잡고 친구에게 연락을 했다. '아니, 내가 출근하는데 말이야. 머리에 피도 안 마른 중학생들이 놀이터에서 담배를 피우고 있더라니까? 대박이지?' 이어진 친구의 대답. '너도 꼰대네. 너도 그 나이 때 그랬으면서, 야, 이 꼰대야!'

'흠… 꼰대라…' 가만 생각해보니 교복 입고 담배를 피우던 때가 있었다. 담배에 대한 약간의 호기심과 담배를 피우는 이미지에 대한 동경 때문이었다. 물론 담배도 글로 배워 흡연자의 길로 들어서진 못했다. 어느 부분에서 들이마시고 내뱉어야 하는지 여간 어려운 게 아니었다. 그랬던 내가, 똑같이 교복 입고 담배 피우던 내

(찌질함 레벨 4)

가, 더 이상 교복을 입지 않는 사람이 됐다는 사실만으로 '교복 입고 뭐 하는 거야?'라고 생각했다. 그 아이들도 어쩌면 15년 전의 나와 별반 다를 게 없는데 말이다. 그리고 원래 하지 말라는 것, 할 수 없는 것에 더 끌리는 시기 아닌가? 그래, 외국에서는 열다섯부터 담배 피운다던데, 뭐.

물론 보기 좋지는 않았지만 아이들 입장에서 이해했다. 다음에 만나면 꼭 말해줘야지.

'그래, 그럴 수 있다. 그런데 누나한테 "저기, 돈 드릴 테니까 편의점에서 담배 좀 대신 사다주세요." 이런 건 진짜 하지 마라. 그땐 진짜 가만 안 있는다. 그리고 누나로서 하는 말인데, 담배나 술은 호기심으로 끝내. 돈이 꽤 들어. 돈 벌기가 생각보다 힘들다. 돈이라는 게 말이야. 많이 버는 것도 중요하지만 아끼는 것도 중요하거든. 사회 생활이 그렇게 막 호락호락하지 않아. 지금은 학생이니까 학교 안의 세계가 전부인 것 같지만, 그게 또 아니거든. 아! 미안. 누나도 어쩔 수 없는 꼰대구나. 얘들아, 화… 화이팅!'

영원한 건
절대 없어

3년 가까이 쓰던 핸드폰을 떨어뜨렸다. 새 핸드폰으로 바꾸면서 카카오톡 계정이 새로 업데이트가 됐다. 스무 살 이후로 번호를 바꾼 적이 없기에 그때부터 알고 지낸 이들의 연락처가 카톡에 고스란히 있다. 바뀐 핸드폰에 적응도 할 겸, 천천히 카카오톡에 저장된 이들의 프로필을 보기 시작했다.

함께 연애 고민을 나누고, 종종 남의 흉도 거침없이 나눴던 언니는 엄마가 됐다. 같이 수업을 듣고, 학교 밖에서도 만났던 사이였다. 하지만 졸업과 함께 자연스레 멀어졌다. 결혼하고 엄마가 됐다는 소식을 건너 들었다. '오랜만이에요. 잘 지내셨어요? 결혼은

(찌질함 레벨 4)

언제 했어요? 프로필 사진은 아기죠? 예뻐요'라고 보낼 수 있지만 보내지 않았다.

전 직장 동료의 번호가 보였다. 점심 시간을 틈타 부인과 검진을 받고 엉엉 울면서 회사로 돌아온 나를 꽉 안아준 동료. 이후 계속된 검사를 받으면서 불안해하는 나를 계속 위로해주고 함께 울어준 동료였다. 하지만 서로 회사를 그만두면서 더는 연락하지 않았다.

핸드폰에는 한때는 친했지만 연락하지 않는 이들의 번호가 가득하다. 이따금 바뀌는 카카오톡 프로필 사진과 상태 메시지를 보면서 근황은 짐작한다. 누구보다 많은 시간을 보내며 관계가 쭉 지속될 거라 생각했지만 그런 관계는 없다. 흐르는 대로 사람을 만난다. 모두가 스치는 인연이다.

지금 옆에 있는 이들도 언젠가는 자연스레 연락하지 않게 되겠지. 처음에는 내심 섭섭했지만 자연스럽게 받아들였다. 시간이 지나면 또 새로운 인연이 생겨날 것이고, 그 인연들이 지나가면 다시 새로운 인연들과 시간을 보내게 될 것이다. 가끔은 혼자일 때도 있을 것이다. 그런 면에서 '영원한 건 절대 없어. 어차피 난 혼자였지. 이유도 없어. 진심이 없어. 오늘 밤은 삐딱하게'라고 부른 지드래곤은 똑똑하다.

지금 옆에 있는 이들과 영원히 함께할 순 없다. 그저 웃고 떠들며 지금, 순간에 충실할 뿐이다.

지금 옆에 있는 이들과 영원히 함께할 순 없다.
그저 웃고 떠들며 지금, 순간에 충실할 뿐이다.

너 이제
그럴 나이 아니야

저녁을 먹고 친구와 카페에 갔다. 나는 책을, 친구는 핸드폰을 집어 들었다. 평소 꽉 차 있던 카페가 유난히 조용한 금요일 밤이었다. 핸드폰으로 UFC 경기를 보던 친구가 다급하게 말을 건넨다. "지금 카페 둘러봐. 사람이 없어. 테이블 지키고 있는 사람들이라고는 공부하는 학생들뿐이라고! 다들 지금 밖에서 불금을 보내고 있는데 우리는 여기서 뭐 하냐? 나가서 술이나 먹자!" 그 말에 나는 "무슨 술이야, 됐어."라고 대답했다.

"야, 아무래도 이건 아닌 것 같아. 이마트 근처에 포장마차 있는데 거기 곱창이 진짜 맛있어. 너 곱창 좋아하잖아."

〔찌질함 레벨 4〕

"아, 귀찮아! 밥 먹은 지 얼마나 됐다고. 그리고 멀어. 그냥 여기 있어."

"내가 사줄게. 거기 꼼장어도 팔아."

"꼼장어도 팔아? 가방 챙겨."

친구와 나는 곱창과 꼼장어가 맛있다는 포장마차로 향했다. 카페에는 사람이 없었는데 포장마차에는 이미 얼굴이 벌게진 사람들이 꽉 차 있었다. 하나 남은 테이블에 자리를 잡았다. 저녁도 먹고 커피 한 잔을 마셔 배가 불렀지만 한 접시에 만 2천 원인 곱창 볶음을 맛보지 않을 순 없었다. 친구의 말은 진짜였다. 곱창은 예술이었다. 친구가 맥주 한 병을 비울 때쯤 나는 혼자서 곱창 한 접시를 비웠다. 맥주가 가득 담긴 잔을 비워낸 친구가 젓가락을 들고는 "어? 곱창 다 어디 갔어?"라 물었고 나는 "꼼장어 시키자." 라고 말하며 웃었다. 그리고 재빨리 고개를 들고 이모님을 찾으며 "이모님, 여기 꼼장어랑 카스 하나 주세요."라고 말했을 때, 나는 보고야 말았다. 맞은편 테이블에 앉은 이상형의 남자. 웃는 게 예쁜, 착한 눈을 갖고 있는, 야구 모자와 반바지가 잘 어울릴 것 같은 이상형을 말이다. 동네 포장마차에서 이상형을 만나다니. 심장이 쿵쾅거리기 시작했다. "나 고민이야… 계속 만나야 할지…"라며 남자친구와의 관계를 고민하는 것으로 추정되는 친구의 이야기는 들리지 않았다. 적당한 때 추임새를 넣어주기만 했다. "아… 진짜?"라고만 아무 때나 말해도 별 문제 없이 대화를 이어나갈 수 있었다. 내 귀는 온통 이상형의 테이블에서 흘러나오는 대화를 주워 담기 바빴다. 업무 이야기를 하고 있었다. 내 이상형을 포함한 남자 세 명의 관계는 직장 동료였다. 친구는 연애 이야기를 끝내고 회사 생활의 고단함을 토로하는 듯한 말을 시작했다. 집중해서 듣지는 않았다. 대충 그런 느낌이었다. 내 눈은 맞은편 이상형을 보고 있었기에 친구의 표정은 보이지 않았다. "같이 일하는 사람들이…"라고 말하며 인간관계에 대해 고민하는 것으로 추정되는 친구의 말에 나는 "아… 진짜?"를 되풀이할 뿐이었다. 이상형의 남자는 말을 많이 하는 사람은 아니었다. 말 많은 동료의 말을 묵묵히 잘 들어주었다. 계속 환하게 웃으며 고개를 끄덕이는 것도 잊지 않았다. 두고 볼 것도 없이 내 운명의 남자였다. '우와, 진짜 살다보니 이상형을 진짜 만나게 되네…' 하면서 설레고 있는데 친구가 말한다.

"얘기 잘 들어줘서 고마워. 일어나자, 이제."

"벌써?"

"응, 피곤해. 내일 출근해야 해."

"좀 더 마셔, 내가 살게. 그래야 집에 가서 바로 잘 수 있지. 너 어정쩡하게 술 마시면 잠도 달아난다?"

"아냐, 피곤해."

"아… 그래 알았어. 일어나자."

친구와 나는 포장마차를 나왔다. 나오자마자 친구에게 말했다. 맞은편에 앉은 남자를 혹시 봤냐고, 내 이상형이었다고. 친구는 어쩐지 자꾸 눈을 딴 데 두길래 이상하다 싶었다며 발걸음을 멈추고 말했다. "마음에 드는 사람이 있으면 먼저 다가가야 해. 너 이제 가만히 있어도 남자가 알아서 오는 그런 나이 아니야. 너 그러다 평생 혼자 산다."며 꽤 진지하게 말했다. 그러면서 내 손목을 잡더니 다시 포장마차로 들어가려 했다. 같이 가서 번호 물어보자고. 정 못하겠으면 대신 물어보겠다는 말과 함께. 하지만 나는 차마 다시 포장마차 안으로 들어갈 수 없었다. 지하철 탑승 여부에 따라 화장의 유무가 달라지는 나다. 동네에서 화장을 할 리가 없었다. 맨얼굴에 선크림만 발랐다. 게다가 둥글둥글한 안경까지 꼈다. "야, 나 지금 이 몰골로 번호 물어봐도 돼?" 포장마차로 향하던 친구는 깜깜한 밤, 내 얼굴을 천천히 보기 시작했다. 그러고는 내 손을 잡고 외쳤다. "다음 주부터 매일 오자. 이 시간에 매일 오면 또 만날 수 있을 거야. 그리고 아무리 동네라도 화장은 좀 해! 준비된 자만이 기회를 잡을 수 있어!" 친구는 다시 내 손을 잡고 집으로 발길을 돌렸다.

20대 초중반만 해도 가만히 있어도 누군가가 다가왔다. 물론 많지는 않았지만. 그것이 쭉 이어질 줄 알았다. 어느 순간부터는 아무도 다가오지 않았다. 괜찮은 남자들은 이미 누군가의 남자였다. 친구 말이 틀린 게 하나 없었다. 이제는 먼저 다가가야 한다. 그리고 늘 준비된 자만이 기회를 잡을 수 있다. 이렇게 다짐은 했지만, 여전히 동네에선 선크림 하나만 바르고 다닌다. 먼저 다가가야 할 나이지만 먼저 다가갈 준비가 안 된 나는 '스물아홉 혼자 지내기 좋은 나이, 연애는 서른부터'라고 말한다.

〈 찌질함 레벨 4 〉 ────

어쩌면
별것 아닌 일

작년부터 고민했던 노트북 구매. 그램을 살지, 맥북을 살지 지겹도록 고민했다. 매일 고민하는 시간도 아깝고, 어차피 쓸 거라면 하루라도 더 빨리 사서 쓰는 게 좋겠지 싶었다, 라는 마음을 먹은 지 6개월 만에 샀다. 백만 원이 훌쩍 넘는 노트북을 급하게 살 계획은 없었다. 그러다 원하는 모델이 급매물로 나왔다. 어디서 그런 실행력이 나온 것인지 한 시간 반을 달려 서울에 가서 맥북을 데리고 왔다.

맥북만 갖게 되면 배가 부를 줄 알았다. 그런데 가져보니 배는 부르지 않았다. 반년을 고민했던 맥북을 갖게 되었구나, 라는 생각뿐이었다. 왕복 세 시간 동안 지하철을 타면서 아무것도 먹지 못했더니 배가 고팠다. 배가 고파 예민한데 무거운 맥북은 짐만 됐다. 빨리 맥북을 열어보고 싶다는 생각보다 순댓국 생각이 간절했다. 역에서 내려 집으로 가기 전 순댓국집에 들렀다. 자신 있게 혼자 들어가서 1인분을 포장했다. 한 손에는 맥북을, 한 손에는 순댓국을 들고 집으로 향했다. 집에 도착하자마자 냄비에 순댓국을 넣었다. 불을 올려놓고는 얼른 샤워를 마쳤다. 냄비째로 순댓국을 먹었다. 맥북은 잠시 방바닥 구석으로 밀어놨다. 원래 쓰던 노트북을 켜서 책상 앞에서 예능 프로그램을 봤다. 배도 부르겠다, 재밌는 프로그램도 봤겠다, 이제야 여유가 생겼다. 침대에 기대고 앉아 다리를 쭉 펴고 맥북을 켰다. 하나둘씩 만져보기 시작했다. 핸드폰으로 검색하고 동영상을 보며 세팅을 마쳤다.

주변에 맥을 쓰는 지인에게 매일 물어봤었다.

"제가 맥을 쓸 수 있을까요? 그냥 쓰던 거 쓰는 게 낫겠죠?"

사람들 귀찮게 하고 혼자 고민하고 알아본 시간만 따져봐도 정말 꼬박 일주일. 오죽했으면 만나는 사람마다 "아직도 안 샀어요?"라고 물었다.

그렇게 반년 동안 알아보고 고민하던 내가 맥북을 사용하고 있다. 순댓국집에 들어가는 것도 마찬가지다. 뒤늦게 순댓국에 빠졌지만 함께 먹을 친구들이 데이트 중이라서, 혼자서는 순댓국집에 들어갈 용기가 안 나서, 문 앞에서 서성인 적이 꽤 있었다. 그 시간을 따져보면 꼬박 반나절은 됐을 거다.

오늘 하루 별일도 아닌 일들을 두 개나 했다. 6개월 고민하던 노트북을 사고, 1년 동안 혼자 서성이다 처음으로 순댓국집 혼자 문을 열고 들어갔다. 그게 뭐 그리 고민되고 어렵다고 질질 끌어왔을까 싶다. 뭐 대단한 거라고. 막상 해보면 별것 아닌 일들인데.

걱정했던 것과는 달리 그 누구보다 맥북을 잘 사용하고 있다. 종종 혼자 순댓국집에 가서 포장을 해와 집에서도 순댓국을 즐긴다. 아직 혼자 식당에서 먹진 못했다.

경험했기에 별일 아닌 게 돼버린 것일 수도 있다. 하지만 그동안 너무 많은 시간을 생각만 한 게 아닌가 싶다. 그래, 다 별것 아니다. 나라를 구해야 하는 임무를 가진 것도 아닌데 말이다. 미련하게 별일 아닌 것들을 오래 껴안고 산다.

취향에

관하여

평소에 바지를 거의 입지 않는다. 여름에는 무조건 원피스다. 긴 허리와 몸무게의 3분의 1이 하체에 몰려 있어 체형을 가리고자 함은 절대 아니다. 더위에 약한데 옷까지 달라붙는 게 싫고, 통풍이 잘 되는 게 좋아서다. 힐은 애초에 사지도 않는다. 167센티미터의 키에 힐까지 신으면 모델이라는 오해를 받는 게 귀찮아 안 신는다. 발이 불편한 이유도 있긴 하다.

그러니까 여름의 나의 취향은 원피스와 굽 없는 샌들이다. 매년 여름 그때마다 유행하는 원피스를 골라 입는데 어느 순간부터 여름=린넨이라는 공식이 생겼다. 어렸을 때 보던 할머니 할아버지

들의 모시 삼베 느낌의 그 옷. 린넨 원피스를 사서 입어야지 싶어 베이지와 진한 베이지, 진한 갈색과 베이지와 갈색의 중간인 옷들을 살펴봤다. 여름이니까 밝고 화사한 색상의 옷을 입고 싶지만 영 안 어울린다. 보통 옷을 사기 전에는 친구한테 사진을 잔뜩 보내는데 친구들이 하는 말이 똑같다. '그게 그 옷인데? 너 이거 비슷한 거 있잖아. 왜 맨날 칙칙한 색만 입어?' 매번 비슷한 옷, 비슷한 색, 그러니까 좀 루즈핏의(라고 말하고 펑퍼짐한 모양새의) 린넨 원피스만 입고 나니니 친구가 말한다.

"아, 그냥 개량 한복 사 입어."

"뭐?"

"맨날 똑같은 소재에 비슷한 모양 옷만 입는데 그럴 거면 개량 한복 세 벌 정도 맞춰 입어."

"어머, 얘 좀 봐, 넌 트렌드도 모르니? 이게 어딜 봐서 개량 한복이야? 린넨 원피스라고, 루즈핏! 야 저기 사람들 봐봐. 다 나랑 비슷한 옷 입었잖아. 이게 유행이야, 어? 너야말로 나처럼 젊게 살아."

"내가 보기엔 그냥 개량 한복인데…"

(찌질함 레벨 4)

나름 트렌드에 민감한 내 취향을 개량 한복이라 말하는 친구의 말이 조금 걸렸지만 대수롭지 않게 넘겼다.

토요일 오후, 홍대에서 신도림 방향으로 가는 열차를 기다리며 벤치에 앉아 있었다. 할머니 한 분이 다가오시길래 자리를 끝 쪽으로 옮기며 "옆에 앉으세요."라고 말했다. 자연스럽게 할머니와 대화가 시작됐다. 할머님은 나를 머리끝부터 발끝까지 보시고는 물으셨다.

"근데 이 신발 어디서 샀어요?"

"아, 인터넷에서요."

"브랜드가 어디 거예요?"

"브랜드는 없고 그냥 인터넷에서 샀어요."

"아, 예쁘네. 얼마예요?"

"4만 원인가 5만 원 주고 샀어요. 정확히는 기억이 안 나요."

"발은 편해요?"

"네, 엄청 편해요."

"아 예쁘다. 나도 신고 싶네."

할머니는 계속 손주며느리 삼고 싶은 내 얼굴은 안 보시고 내 신발만 보셨다. '할머니가 굉장히 젊게 사시네, 취향도 젊으시고' 하는 생각을 했다.

열차를 타고 한 시간을 더 달려 집에 도착했다. 신발을 아무렇게나 벗어던지고는 샤워를 하고 소파에 누워 수박을 먹고 있는데 '띠띠띠띠' 비밀번호 누르는 소리가 들리고 동생이 들어온다. "어, 왔어?" 말하고는 텔레비전으로 눈을 돌리는데 동생이 말한다.

"할머니 왔어?"
"아니, 왜? 할머니는 할머니네 있지. 왜 갑자기 할머니야?"
"어? 여기 할머니 신발 있는데?"

동생의 말에 무슨 일인가 싶어 쳐다봤다. 동생이 정확하게 내 신발 하나를 집어 들고는 말한다.

"이거 봐봐. 할머니 신발 있는데? 우리 집에 왔다가 다른 신발 신고 가셨나?"

"야! 그거 내 건데?"

"헐! 언닌 왜 맨날 할머니가 입는 옷 입고, 할머니가 신는 신발만 신니!? 옷이고 신발이고 사지 마! 그냥 할머니 집에 가서 빌려."

"그럴 거면 개량 한복 입어." "그냥 할머니 집에 가서 옷 빌려 입어." 거기다 연신 내 신발을 보며 탐내 하던 서울 2호선 8-4앞 벤치, 할머니의 눈빛이 내 머릿속을 가득 채웠다. '아, 사람들은 내 취향을 그랜마룩이라 말하는구나.'

하지만 어쩔 수 없다. 누가 뭐래도 내 취향인걸. 누군가에겐 그랜마룩일지언정 내가 입고, 신고, 만족하는 내 취향이다. 난 취향이 있는 꽤 멋진 사람이다.

새벽
다짐

새벽 1시 40분에서 2시 사이, 밖에서 '윙윙' 소리가 난다. 여름에는 창문을 열어놓고 자다보니 늦게까지 깨어 있는 시간에는 어김없이 들린다. 소리의 정체는 초록색 쓰레기차. 윙윙 소리를 내며 온 차는 쓰레기를 담아가는데, 보통 운전하는 이와 차의 뒤쪽 양 옆 끝에 서 있는 두 명이 한 조를 이룬다. 우선 운전사가 쓰레기통 앞에서 기가 막힌 주차 실력을 선보인다. 이제는 두 남자가 실력을 발휘할 차례다. 딱 맞는 호흡으로 쓰레기통을 들고 쉼 없이 돌아가는 쓰레기차에 밀어 넣는다. 아이돌 칼군무 뺨치는 정확한 동작과 호흡이다.

202동의 쓰레기를 비워내면 코너를 돌아 바로 201동 앞으로 간다. 바로 앞에서 했던 칼군무를 반복한다. 잠에서 깬 경비아저씨는 널브러져 있는 쓰레기통을 다시 제자리로 돌려놓는다. 두 남자는 다시 쓰레기차 뒤에 올라탄다.

늦게 잠드는 밤이면 늘 창문을 열어 이 광경을 지켜본다. 그럴 때마다 저들의 칼군무에 방해가 돼서는 안 되겠다는 생각을 한다. 그러니까 종량제 봉투에 그려진 선을 잘 맞출 것. 가로로 묶고, 세로로 묶어 담아 쓰레기가 새어나가지 않게 할 것. 그리고 가장 중요한 것, 묶기 전에 발로 눌러 둥글게 만들 것. 그래야 차 안으로 넘어갈 때 잘 굴러간다. 새벽에 대단한 다짐을 하고 잠이 든다.

며칠 후 새벽의 다짐을 외면한 채, 종량제 봉투 적정선을 넘어 쓰레기를 가득 담는다. 이틀에 한 번꼴로 쓰는 장당 6백 원의 종량제 봉투가 괜히 아까워서다. 한 묶음에 6천 원. 매번 사놓아도 금방 동이 난다. 결국, 겨우 묶을 수 있을 만큼 쓰레기를 가득 담는다. 둥근 형태는커녕 조금이라도 더 담기 위해 쓰레기더미에 발을 넣어 꾹꾹 누른다. 6백 원 앞에서 새벽의 다짐은 늘 무너진다.

여기
내 집인데?

엄마는 늘 소파가 움푹 파이는 게 싫다며 소파 밑에 누워서 텔레비전을 본다. 소파가 움푹 파이는 걸 개의치 않는 나는 이미 움푹 팬 소파에 누워 텔레비전을 본다.

수요일 밤, 그 어려운 걸 해내는 송중기는 폭탄이 터지는 상황에서도 1년 후 살아 돌아왔고 나는 눈물을 꾹 참으며 송혜교에게 다가가는 그의 모습을 지켜보며 숨죽이고 있는데 "뿌~~~우우우웅" 소리가 거실을 뒤덮는다.

두 사람의 포옹 직전 들려온 엄마의 방귀 소리는 이내 나를 못된

(찌질함 레벨 4)

딸로 만든다. "가족 사이에도 매너는 지켜야 하는 거 아냐? 방귀 뀔 거면 일어나서 베란다 가서 문 열어놓고 뀌어야지. 너무한 거 아니야?" 하지만 엄마는 두 번째 방귀로 대답을 대신한다. 순간 부글부글 했지만 엄마는 "여기 내 집인데? 내 집에서 내가 방귀도 편하게 못 뀌냐?"라고 말하며 세 번째 방귀를 뀐다.

졌다. 얹혀사는 주제에 가족 간에 매너가 어쩌고저쩌고하다니 죄송했네요. 집 없는 설움.

베풀며

사세요

열다섯 살인가 열여섯 살 때의 겨울방학이었다. 소파에 누워 종일 텔레비전을 끼고 살다보니 광고까지 외울 정도였다. 그때 처음 봤다. 지구 반대편에서 누군가 굶어 죽고 있는 모습을. 활자와 머리로는 이미 알고 있었지만, 영상으로 전해지는 굶주림은 충격이었다. 당장 할 수 있는 일은 없었다. 그저 안타까워하며 '나중에 돈을 벌게 되면 꼭 후원해야지' 다짐하는 것뿐이었다.

스물다섯 살 때부터 돈을 벌기 시작했다. 적금을 들었다. 10년 전의 다짐은 잊지 않았다. 하지만 후원은 하지 않았다. 매달 고정적인 지출에 대한 부담이 컸다. 저 멀리 이름 모를 아이의 배를 채우

(찌질함 레벨 4)

는 것보다 내 통장을 채우기 바빴다.

통장을 채우는 일이 버거워졌다. '그만두고 싶은데. 여기는 아닌 것 같은데. 뭘 해야 하지?'라는 생각이 머릿속에 꽉 차 있었다. 붙잡고 고민을 나눌 사람이 없었다. 친구들은 취업 준비 중이었다. 부모님께 살짝 말을 흘렸더니 다 그런 거 아니겠냐며, 취업하기 힘든데 일하고 있으니 감사한 거 아니냐는 말을 들었다. 옆자리 동료에게 푸념했더니 번호를 하나 알려준다. "이게 뭐예요?" "친한 친구가 자주 가는 곳인데 잘 본대. 가서 한번 물어보고 와." 점집 번호였다. 나는 바로 전화를 걸었다. 그날 퇴근 후, 역곡역에 내렸다. 문자로 주소를 안내받았지만 초행길이라 영 길 찾는 게 힘들었다. 전화를 걸어 물어물어 도착했다. 방으로 안내받았다. 드라마나 영화에서 본 무서운 느낌은 없었다. 분위기는 비슷했다. 생년 일시를 말하고 고민을 털어놓았다. "평탄한 사주니 점 보러 다닐 필요 없으니까 괜히 돈 쓰러 다니지 마세요."라는 말을 들었다. '퇴사하세요' 또는 '버티세요'라고 말해줬으면 좋았을 텐데.

평탄한 사주라고 하니 더 물을 것도 없었다. 그래도 누군가 나의 이야기를 귀담아 들어주고 토닥여주는 것만으로도 위로가 됐다. 원하는 답을 듣지는 못했지만 마음은 편해졌다. 고맙다는 말을 하고 일어서려는데 "잠깐만요." 하며 말한다. "베풀고 살아야 해. 베풀고 살아야 잘돼."

후원은 그렇게 시작됐다. 10년 전의 다짐이 아닌, 베풀고 살라는 점쟁이의 말 한마디로 말이다. 하나를 굳이 더하자면 돈을 버는 행위에 대한 책임감을 느끼고 싶었다. 이후 아프리카 말리에 있는 여자아이를 후원하게 됐다. 누군가를 책임지고 있다는 사실로 밥벌이를 버텨보기로 했다. 후원은 지금까지도 이어지고 있다. 이따금 편지를 주고받는다.

베풀고 살라는 말을 지켰지만 사주 보러 다니지 말라는 말은 지키지 않았다. 또 용하다는 점집을 찾았다. 이번엔 소사역 근처에 있는 곳이었다. 이번에도 일이 문제였다. 금요일 퇴근 전에 사직서를 써넣고 결재 판에 끼워놓았지만 제출하지 못했다. 월요일 출근과 동시에 사직서를 내려고 했지만 누군가의 응원이 필요했다. 급하게 예약을 해서 갔다. 역시나 평탄한 삶이니 사주 보지 말라

〈찌질함 레벨 4〉

는 말을 했고, 베풀고 살라는 말을 했다. '아니, 왜 자꾸 베풀고 살라는 거야. 나 그렇게 이기적으로 살고 있나?' 싶어서 "저 1년 넘게 후원하고 있어요. 해외에서 재해가 일어나면 일시후원도 곧잘 하고요!"라 말했더니 "더 베풀어야 해."라는 말을 들었다. 올해를 넘기고 내년에 퇴사하라는 답과 베풀며 살라는 답을 듣고 나왔다. '아직 멀었구나. 더 베풀어야겠다' 싶어 그날 바로 단체를 후원하기 시작했다.

퇴사하고 소득이 없는 상황에서도 후원은 계속됐다. 매달 5일, 자동이체로 빠져나가는 돈을 확인했다. 매달 4만 원, 이 정도면 베풀고 사는 거겠지 싶은 중에 신촌에 있는 책방 '이후북스'에서 열리는 북토크에 가게 됐다. 인권운동가의 삶이 주제였다. 내가 누리는 권리는 수많은 이들의 희생을 바탕으로 생겼다는 생각이 들었다. 그렇다고 당장 생업을 버리고 인권운동가가 될 수는 없었다. 당장 길거리로 나가, 소수자의 인권을 위해 목소리를 내고 활동할 만큼 큰 인물도 아니었다. 하지만 가만있을 수는 없었다. 인권운동가 박래군 선생님의 이야기를 들으며 '그래, 어차피 돈은 쓰게 되어 있어. 결국 언젠가 흔적도 없이 사라질 거야. 대부분 뱃속으로 사라질 텐데 그럴 바엔 제대로 돈 쓰는 게 낫겠지' 싶었다. 북토크를 함께 하는 내내 한시라도 빨리 후원 신청을 하고 싶어 안달이 났다. 북토크가 끝나고 집으로 가는 길. 핸드폰을 열어 바로 신청하지 못했다. 아니 안 했다. 순간 또 고민을 한 것이다. '매달 3만 원이라…' 아까 북토크에서는 당장이라도 10만 원쯤은 매달 후원할 것 같은 마음이었는데 말이다. 그래도 여자로 태어났는데 한번 마음먹은 일은 해야 할 것 같아 후원을 시작했다.

베풀고 살라는 두 분 덕에 베풀며 산다. 베풀어야 잘된다는, 철저히 나를 위한 마음으로 시작된 베풂이었다. "어떻게 후원을 시작하게 됐어요?"라는 질문에 "점 보러 갔는데 베풀고 살아야 한다고 해서. 베풀어야 잘된다고 해서."라고 답한다. 영 멋없는 답변이다. 하지만 사실이다.

고작 돈 몇 푼 보내고는 베풀고 산다고 떠든다.

그런데 잘된다는 건 뭘까?
박정민과의 만남일까?
그렇다면 동물들을 위한 후원을 하나 더 시작해야겠다.

매일같이 일상을 주고받았던 친구들과 점점 연락이 뜸해진다. 내심 서운했다. '얼굴을 자주 못 보니 연락이라도 자주 하면 좋을 텐데…' 시간이 지나니 나도 똑같았다. 일상에 치이다보니 먼저 연락을 하는 게 쉽지 않았다. 그저 무소식이 희소식이길 바라며 서로 잘 지내고 있겠거니 생각했다. 이따금 SNS에 올라오는 사진을 보며 친구의 근황을 파악한다.

새로 나온 검정치마의 앨범을 들으며 퇴근하는데 카톡이 온다.

"별일 없지?"

올 초겨울에 보고 봄에 만나기로 했던 친구. 서로 바쁘다는 핑계로 봄을 건너뛰었다. 친구의 소식이 반갑기도 했지만 '별일 없지?'라는 말에 어떻게 대답해야 할지 몰랐다.

별일이 없다고 하기에는 별일이 있었고, 하나하나 말하자니 여간 귀찮은 게 아니었다. 말보다 느린 손으로 핸드폰 화면을 눌러가며 소식을 전하기는 무리였다. 전화해서 말하자니 지하철 안이었다. '별일 없지'라는 인사말에 주저리주저리 말하기도 그렇고 해서 이내 "그렇지 뭐, 너도 잘 지내지?"라고 답을 보냈다.

'나 머리 할 건데 어떻게 할까?', '우리 회사에 신입이 들어왔는데 말이야'라며 일상의 작은 부분까지 말하기 바빴는데 모르는 시간이 많아진다. 갈수록 별일을 나누기 어려워진다. 겨우 만나도 무엇을 나눠야 할지 모르는 우리는 지나간 시간만 곱씹으며 추억한다. 이따금 "별일 없어? 잘 지내?"라는 연락이 오면 "너 결혼해?"라는 말부터 튀어나온다.

결혼 생각은
없어요

책방에 있다보면 결혼한 손님들과 많은 이야기를 나누게 된다. 난 그들의 결혼 생활을 듣고는 늘 말한다.

"근데 저는 자신 없어요. 결국 결혼이라는 게 내 시간을 나눠야 하는 거잖아요. 지금은 저만 생각하면 되는데 남편부터 시작해서 남편의 가족들까지. 아이를 갖게 되면 아이까지. 전 자신 없어요."

"그렇긴 한데 함께여서 좋은 부분도 많아요. 적당히 자기만의 시간을 가질 수도 있고요."

"그래도 저한텐 좀 이른 것 같아요. 역시 서른 중반에 하는 게 좋을 것 같아요."

결혼에 대한 생각을 신나게 말하고 있는데 손님이 묻는다.

"근데 결혼할 사람 있어요?"

"아니요."

"근데 왜 쓸데없는 고민을 해요."

'아, 원래 고민은 미리미리 하는 거 아니었나?'

할머니의 노인정 퇴근길, 경비실에 들러 손녀의 택배를 대신 찾아와주신다. 택배 송장에 적힌 이름과 무게를 확인하시고는 말한다. "제발 옷 좀 그만 사라. 옷장에 옷이 천진데 왜 자꾸 옷을 사니. 쓸데없는 데 돈 쓰지 말고 돈 모아서 시집가야지."

나의 퇴근길, 할머니가 좋아하는 불낙죽과 화이트모카 커피를 포장해서 앞 동에 있는 할머니 집에 들른다. 그러자 할머니는 "쓸데없는 데 돈 쓰지 말고 돈 모아라. 부지런히 모아서 집 사야지." 하신다. '시집가야지'라는 말보다 더 자주 하는 말.

그때마다 말한다. "할머니, 부지런히 돈 모아도 집 못 사! 집값이 미쳤거든. 그리고 옷장에 옷이 천지긴 한데 입을 옷이 없어. 어쩔 수 없어. 그런데 옷이라도 번듯하게 입고 다녀야지 시집갈 확률이 높아지잖아. 옷도 돈 아끼고 아껴서 사는 거야! 인터넷에서 사는 건 다 싸!"

부지런히 모으고 아끼면 그럭저럭 살 수 있었던 할머니는, 부지런히 모으고 아껴도 그럭저럭 살기 힘든 손녀의 삶을 이해하기 힘들다.

쓸데없는 데 돈 쓰지 말라고 했던 할머니는 죽 전문점의 죽 맛을 본 이후로 인스턴트 죽은 안 드신다. 믹스커피를 좋아했던 할머니는 화이트모카의 맛에 눈을 떴고, 그 이후 믹스커피는 안 드신다.

'할머니, 우리 그냥 먹고 싶은 거 먹으면서 살자. 돈은 시집갈 때 되면 모을게. 언제가 될지 모르겠지만…'

동생의
선물

집에 도착했다. 신발을 벗으려고 하는데 처음 보는 신발이 있다. '누가 신발 샀나 보다' 싶어서 거실에서 텔레비전을 보고 있던 막내에게 물었다. "신발 샀어?", "아니, 그거 둘째 언니 신발인데 사이즈가 커서 못 신나 봐." 동생이 새로 샀다는 신발에 발을 넣어 봤다. "어? 이거 나한테 딱 맞는데?" 새 신발이 생겼다.

다음 날, 동생이 샀지만 사이즈가 맞지 않아 내 신발이 된 검정 샌들을 신었다. 꽤 푹신푹신했다. 안 그래도 검정 신발 사려고 했는데 잘됐다 싶었다. 출근길 역으로 향하는데 자꾸 신발 앞코가 걸린다. 몇 번이고 그렇게 반복되니 아무래도 신발 문제 같다. 신발이 너무 푹신푹신해서 그런가? '아, 그냥 내 신발 신고 나올걸…' 하지만 이미 역에 다다랐다.

동생에게 전화를 걸었다. "야, 네가 산 신발 신었는데 이상해! 자꾸 걸리네?" 동생은 크게 웃으며 말했다.

"언니, 그렇지? 좀 걸리지? 그래, 걸리더라."

"아 그래? 네가 신었을 때도 그랬어?"

동생은 크게 웃었고 곧 적응될 거라며 전화를 끊었다. 어쩔 수 없었다. '오늘 하루만 신지, 뭐.' 계속 걷다보니 동생의 말처럼 제법 익숙해졌는지 신발 앞코에 더 이상 걸리지 않았다.

몇 시간 후, 화장실에 갔다가 손을 씻고 나가려는데 "삐이이이잉, 뿌우우우우웅, 뽀오오오옹" 하는 괴상한 소리가 났다. '뭐지? 어디서 나는 소리지?' 다시 발걸음을 옮기려는데 젠장, 내 신발에서 나는 소리였다. 미칠 노릇이었다. 까치발을 들어도 나고, 조금만 움직여도 소리가 났다. 그 소리라는 게 노트북으로 키보드 치듯

(찌질함 레벨 4)

딱딱 끊어지는 것도 아니다. 설악산 정상에서 '야호'를 외쳤을 때 '야호호호호호호호호호호' 하고 메아리 치는 소리다. 당황스러워서 당장 사람이 없는 곳으로 자리를 피했다. 뭔가 이상했다. 동생에게 급히 전화를 걸었다. "야, 이거 뭐야. 신발에서 이상한 소리가 나.", "언니 어딘데?", "화장실 갔다 왔더니 막 소리가 난다니까?" 그러자 동생은 자지러지게 웃으며 겨우 말을 꺼냈다. "푸하하, 언니, 그거 아쿠아슈즈야. 푸하하, 아쿠아슈즈라고.", "뭐?" "그거 아쿠아슈즈야! 물놀이 가서 신는 거! 화장실에서 물 닿아서 소리 나는 거야, 푸하하하하."

그렇다. 검정 샌들인 줄만 알았던, 이게 웬 떡이냐 하며 신었던 그 신발의 정체는 아쿠아슈즈였다. 진땀을 흘리며 겨우 물기를 말리고 소리를 잠재웠다. '아, 다시는 신지 말아야지…' 다짐했다.

정신없이 시간을 보냈다. 오후에 있었던 아쿠아슈즈 소동은 잊혔다. 저녁을 먹고 양치하려고 화장실에 갔다. 화장실에 물기는 없었다. 안심하고 양치를 하고 나왔다. 그리고 당황하고 말았다. 다시 신발에서 "뷰우우우웅, 찌이이이익" 소리가 나기 시작한 것이다. 이 빌어먹을 아쿠아슈즈는 물이 조금만 닿아도 소리를 냈다. 집으로 가는 길, 혹여라도 비가 오면 어쩌지 싶었는데 다행히 비는 오지 않았다. 집에 도착했더니 동생이 또 한 번 크게 웃는다. 그리고 신발장에 있는 신발을 한 번 보고, 나와 눈을 마주치더니 말한다.

"언니 생일 선물 못 챙겨줬으니까 이걸로 줄게." 동생이 준 생일 선물은 다음 날 쓰레기통에 버렸다.

_____ 명품

_____ 가방

결혼을 한 달 앞둔 대학 친구의 청첩장을 받는 자리. 스무 살에 만나 함께 공부하고, 여행 다녔던 친구들이 제 위치에서 밥벌이하는 것도 신기한데 이제는 결혼까지 한다. 일주일에 3, 4일을 꼬박 보던 친구들인데 저마다 바쁘니 계절에 한 번 보기도 힘들다. 오늘은 청첩장이라는 꽤 괜찮은 핑계 덕에 오랜만에 만났다.

단연 주인공은 예비신부. 결혼 진행 과정을 설명해주고는 예비신랑과 함께 서로에게 줄 선물을 골랐다는 이야기를 한다. 친구는 시계를 선물했고, 가방을 선물 받았다고 했다.

스무 살, 우리는 인터넷에서 산 몇 만 원짜리 가방을 메고 다녔다. 이후 학년이 올라가면서 백화점에서 팔긴 하지만 저가에 속하는 브랜드의 가방을 메고 다녔는데 이제는 명품가방 이야기가 나온다. "오빠가 보너스 받았다고 OO백 사줬어.", "이번에 적금 만기 돼서 가방 하나 질렀지!", "나는 XX 받았는데 너네는 XX으로 받아. 지금 아니면 못 받아."라고 말하는 친구들 틈에서 나는 겉돌고 있었다. 친구들 옆자리에 놓여 있는 가방과 내 천가방이 묘하게 비교됐다. 천가방, 그러니까 좀 있어 보이게 말하면 에코백. 그 에코백마저도 내 돈을 주고 산 게 아니다. 책을 출간한 작가님이 기념으로 이벤트를 해서 당첨된 가방이다.

노트북, 책, 충전기, 초콜릿 등을 가방에 잔뜩 넣어 다니는 나에게는 에코백만큼 좋은 가방이 없다. 어깨의 부담도 줄여주고, 편하다. 많이 넣을 수도 있다. 가방에는 욕심도 없어서 명품백 사줄 돈으로 누가 서재나 만들어줬음 싶다. 물론 그럴 사람은 없다.

긴 수다를 마치고 자리에서 일어나면서 저마다 가방을 멘다. 메는 가방이 달라졌고, 나누는 대화가 달라졌다.

(찌질함 레벨 4)

명품가방은 부럽지 않다. 다만 이벤트로 선물 받은 에코백 말고 크고 튼튼하고 예쁜 에코백 하나쯤은 스스로 선물해야겠다 싶은 마음이 들었다.

다

잘될 거야

대부분의 시간을 희망에 기대어 살아왔다. 능력보다 자신감이 컸다. 굴곡은 있었지만 운이 좋은 삶이었다. 그래서 늘 '다 잘될 거야'라는 말이 당연하게 느껴졌다. 그래왔고, 앞으로도 그럴 거라고 생각했다. 하지만 요즘은 불안에 기대어 살고 있다. 특별한 능력이 없다는 사실을 알게 됐다. 자연스레 자신감은 하락했다. 속을 많이 태우고 있다. 운이 잡힐 듯 잡히지 않고 있다. 자꾸 현실에 부대끼는 게 버거워 책으로 도망쳐도 부정적인 단어만 콕 들어온다.

'불안, 좌절, 질투, 버거움'

(찌질함 레벨 4)

안 되겠다 싶어 다른 책을 골랐다. 배우 박정민(미래의 남자친구)이 쓴《쓸 만한 인간》이었다. 그는 이야기를 마무리 지으면서 마지막에는 꼭 "다 잘될 거다, 잘되실 거다."라고 쓴다. 환자에게 처방이랍시고 내리는, 힐링이라 말하는 달콤한 말장난이 결코 아니다. 책을 보면 알 수 있다. 그렇다. 비록 지금 불안해도 다 잘될 거다. 뭐 잘 안 돼도 언젠간 한 번은 잘될 테니까 틀린 말은 아니다. 요즈음 가장 큰 힘이 되어주는 남자친구에게 고맙다. 비록 그 남자친구는 아직 나의 존재를 모르지만 말이다. 다 잘되면 곧 내 남자친구가 될 거다. 하여튼 다 잘될 거니 지금 내 남자친구가 맞다. 다 잘될 거니까. 다 잘될 거다. 박정민도, 나도, 당신도.

누구에게나 찌질한 순간은 있습니다.

찌질함의 기준이야 저마다 다르겠지만,

100% 완벽한 사람은 이 세상에 존재하지 않으니,

부디 당신의 찌질함에 작아지지 않았으면 합니다.

그러니 우리 어깨를 쫙 펴고, 당당하게 살아요.